조선생

鳥先生

조선생

새 이야기

곽정식 지음

자연경실

머리말

작년 봄 출간한 졸저 '충선생蟲先生'을 읽은 지인 한 분이 충선생을 읽고 곤충뿐만이 아니라 곤충에 얽힌 중국 이야기도 많이 알게 되었다는 격려의 말을 전해 왔다. 아울러 다음 작품을 기대한다며 이왕에 '충선생'을 썼으니 '충'과 불가분의 관계가 있는 새 이야기를 쓰면 어떻겠냐는 조언도 덧붙였다.

새 이야기를 써보라고 권유한 이는 왜 벌레와 새가 불가분의 관계에 있다고 생각했을까?

스스로 의문을 품은 채 틈틈이 새들을 조사하고 새 사진도 찍었지만 책을 써야겠다는 생각에는 미치지 못했다.

그러던 중 어린 시절 텃새처럼 둥지를 짓고 살았던 금만평야를 들를 기회가 있었다. 늦가을 추수가 끝나고 한참이 지난 뒤 혼자서 쓸쓸하게 논두렁길을 걸으며 멀리 소나무밭에서 들리는 까마귀 울음소리와 갈 길을 재촉하는 철새들의 비행을 보면서 불현듯 출가를 감행한 석가모니가 떠올랐다. 석가는 농부가 밭을 갈고, 쟁기질 끝에 나온 벌레를 새가 잡아먹는 인과 관계를 보면서 생로병사가 없는 해탈을 꿈꾸었다고 한다.

지금까지 마음속에서 제각각 존재하던 벌레와 새 그리고 인간은 우주 안에서도 긴밀히 연결되어 있음을 깨닫게 되었다. 결국 용기를 내어 새 이야기를 써보기로 했다. '충선생'에서 다하지 못했던 삶의 곡진한 이야기들을 새를 통해 풀어내 보고 싶었다.

처음 천지가 열리고 공空에 기氣가 채워질 무렵, 신은 그 공간을 누구에게 맡길까를 고민했을 것이다. 결국 신은 작은 머리에 날개를 가진 '새'라는 생물체를 만들어 내려보낸 것이다.

돌이켜 보면, 하루는 텃새들의 지저귐으로 시작하여, 계절은 철새들이 오가면서 바뀌었다. 철새들이 많았던 고향에는 금강, 만경강, 동진강이 흘렀다. 모두 50km 이내에 있는 세 줄기의 강은 풍부한 물과 곡식으로 철새들을 불렀다. 세 강의 여름은 여름 철새를 불렀고, 그들이 떠나고 나면 어김없이 겨울 철새가 찾아왔다. 겨울이 되면 집 근처 능제방죽은 시베리아에서 날아온 청둥오리떼로 촘촘히 채워지기 시작했다.

이 책을 쓰면서 인간과 새가 오순도순 지내던 옛 추억들도 하나 둘씩 살아났다. 겨울을 난 참새가 작은 몸뚱아리로 마당에 떨어진 몇 톨의 낟알을 찾아 이리 뛰고 저리 뛰는 모습을 보신 할머니가 뒤주에서 귀한 쌀 한 움큼을 집어 참새들에게 주라고 어린 손녀에게 쥐어 주셨던 모습도 생각났다.

초여름 냇가에서는 긴 부리를 가진 백로가 고개를 숙여 논에서 미꾸라지를 물어 허공에 목을 펴서 넘기던 장면도 기억 속에 되살아났다.

늦가을 황혼녘 지평선 끝에 작은 점들로 보이던 가창오리떼가 파도처럼 너울대는가 싶더니 변화무쌍한 구름으로 변하여 군무를 시작하던 추억까지도 지금 이 순간의 풍경으로 느껴졌다.

그런 추억을 떠올려가며 쓴 이 책은 우리 주변에서 흔히 볼 수 있는 까치, 까마귀, 참새를 포함하여 총 스물한 종의 새 이야기로 구성되어 있다. 새의 생태적 특징을 소재로 삼기는 했지만 자연 과학적 접근이 아니라 새를 통해 인간의 삶을 비추어보는 인문학적 접근에 초점을 맞추었다.

나는 조류학자가 아니다. 이 책을 쓰면서 부족함을 깨닫고, 관련된 책을 읽고, 이곳저곳 다니며 전문가들의 이야기도 들었다. 중국 생태연구원의 진항陳航 박사로부터도 배움이 있었다. 두 발 달린 인간으로 태어났지만 독수리처럼 훨훨 날기를 꿈꾸다 44세의 나이에 하늘로 떠난 이탈리아의 비행사 안젤로 다리오Angelo d'Arrigo 선생의 삶을 통해서도 많은 영감을 얻었다. 늘 중국 고전과 역사를 공부하여 세상을 일깨워주는 벗 유재혁, 독일 철학의 세계로 안내한

이중복과의 대화도 이 책의 내용을 다채롭게 하였다.

　새에 대하여 나름대로 상상하고 새와 대화를 나누던 시간은 행복했다. 고독 속에서 독백으로 끝나는 대화였지만 허무하지 않았다. 하루하루가 재미있고 소중한 시간이었다.

　독자 여러분께 이 책을 감사의 마음으로 건넨다.

2023년 4월

곽정식

차례

4 머리말

까치

까마귀

참새

비둘기

PART 1

우리와 함께 사는 새

까치

· 鵲 작 ·

'서울처럼 산으로 둘러싸인 수도는 없다'는 말은 도쿄, 북경, 뉴델리, 모스크바, 베를린, 로마, 파리, 런던, 워싱턴 D.C. 같은 세계 주요 국가 수도의 지형을 떠올려보면 맞다는 것을 바로 알 수 있다. 서울 주변에 있는 크고 작은 산들 가운데 한강 남쪽 5km에는 새들이 많이 사는 높이 300m의 대모산大母山이 있다. 대모산 주변에는 비슷한 높이의 구룡산九龍山과 그 남쪽에는 청계산淸溪山이 있다.

대모산은 어미 모母 자가 들어간 산답게 흙이 많아 포근한 느낌을 주는 데다 산을 맨발로 걸으면 발바닥 혈穴이 자극되는 지압 효과도 있다고 하여 대모산 흙길을 맨발로 걷는 동호인 모임까지 있다.

대모산 숲속 흙길을 걷다 고개를 들어 길옆 나무들을 올려다보면 나뭇가지 사이사이에 짜임새 있게 지어진 까치집이 군데군데 보인다. 때로는 한 나무에 두세 채의 까치집이 걸려있는 경우도 있다.

대모산에는 까치 외에도 동고비, 딱새, 쇠박새, 어치가 있고 여기저기에서 딱따구리의 나무 쪼는 소리도 들린다. 대모산은 새가 많다는 점에서, 다양한 곤충이 살고 있는 이웃 청계산과 조鳥와 충蟲의 대비를 이룬다.

대모산은 입구에서 10분쯤 걸어 들어가면 '불국사'라는 작은 절이 나오고, 절에서 오른쪽으로 걸어가면 대모산의 생태를 관리하는 사무소가 있다. 사무소에 근무하는 직원들은 연도별, 계절별로 대모산의 생태에 어떤 변화가 있는지를 주기적으로 체크하면서 인근 산이나 공원에 근무하는 직원들과도 생태에 관한 정보를 교환한다.

대모산에서 근무한다는 한 여성 직원은 자신이 대모산에 근무하게 된 이유를 이렇게 말했다. "저는 지리산 마을에서 컸어요. 산짐승들과도 인연이 많았지요. 서울 생활을 하다 보니 늘 산과 자연이 그리웠어요. 그러던 중 제가 희망하는 일을 할 수 있는 자격증이 있다고 하여 자격증을 받은 후 대모산 관리사무소에서 7년째 근무하고 있습니다.

제 동료 중에는 대모산에 사는 새들의 생활 변화를 꼼꼼히 관찰하는 분도 계시지요. 중국에서 중의학中醫學까지 공부한 '봄샘'이라는 분인데 대모산의 새를 연구하는 분입니다. 대모산의 새에 관심이 있으시면, 봄샘을 만나보십시오."

대모산 새들

대모산에서 봄샘을 만난 것은 한 달 후였다. 그녀가 탐조探鳥 회원들까지 초청하여 모두 같이 만나게 되었다. 관심과 취미가 같다 보니 차 한 잔을 마신 후 곧 '오랜 친구'가 되었다. 일행은 새로 만든 데크deck를 따라 걸으며 날아가는 새들을 보면서 즉흥적인 질문과 답변을 주고받았다.

먼저 대모산 속 군데군데에 쌓아 놓은 통나무 더미는 겨울철 관리사무소의 난방용인지부터 물었다.

"저 통나무 더미는 '바이오톱biotope'이라고 부르는데 나뭇더미 속이 따뜻하다 보니 시간이 지나면 새들의 먹이가 되는 애벌레가 생깁니다. 애벌레는 주로 텃새들의 먹이가 되지요. 한국에는 텃새가 철새보다 많을 것으로 생각하는 분들도 있지

바이오톱(biotope)

만 텃새는 10%에 불과하고, 90%가 철새입니다. 철새는 야생에서 살기 때문에 텃새보다 상대적으로 먹잇감이 많지만, 텃새는 그렇지 않습니다. 특히 도회지에 사는 텃새들은 먹잇감 찾기가 쉽지 않아요. 바이오톱이 배고픈 도회지 텃새들에게 먹이를 제공하는 셈이지요.”

그녀의 이야기를 듣던 중 대모산에는 까치와 비슷하게 보이는 새들이 유난히 많이 날아다니는 것을 보았다. 그 새의 머리는 검고 등은 잿빛인데 날개의 끝은 하늘색이 돌았다. 몸집은 까치보다 조금 작아 보였다.

“저 새들은 물까치입니다. 대모산에는 물까치가 많은데 물까치는 까치와 달리 무리를 지어 다니는 특징이 있습니다. 물까치는 가족 구성원 모두가 새끼를 먹이고 키우는 ‘육추育雛’에 참여합니다. 그런 이유로 물까치에게는 ‘이모새’도 있고, ‘고모새’도 있지요. 물까치가 알을 낳고 새끼를 키울 때는 모성애가 왕성해지고 신경이 날카로워져 아주 사납습니다. 사람과 까치를 공격하기도 해요.”

물까치가 까치를 공격한다는 사실을 조금 구체적으로 설명해달라고 부탁했다.

“물까치는 ‘참새목 까마귓과’에 속하지요. 까치라는 이름이 붙기는 했지만 전혀 다른 종류의 새입니다. 그래서 물까치가 까치를 공격하기도 하는 겁니다. 우선 새를 보면 ‘동정同定’을 하는 일이 중요한데 동정은 새를 분류하여 소속이나 명칭을 바르게 정하는 일입

니다. 한마디로 족보를 따져서 새에게 아이디^{ID} 카드를 부여하는
일로 보시면 됩니다."

대모산 가까이에 있는 청계산과 비교해보면 높이는 청계산이
높은데, 새는 왜 대모산에 더 많이 보이는지 물어보았다.

"잘 보셨습니다. 대모산에는 청계산보다 새가 더 많습니다. 그
이유는 대모산에는 청계산보다 물이 많기 때문입니다. 산에 물이
많다면 '새들도 많겠구나!'라고 생각하셔도 됩니다. 새도 물이 있
어야 목을 축이고 목욕도 합니다. 더구나 새들은 체온이 섭씨 40도
정도라 겨울철에도 찬물로 목욕을 해야 합니다. 특히 까치가 목욕
을 좋아하지요.

까치는 평소 '개미 목욕✐'도 하는데 까치가 개미집 구멍에 엎드
려 개미집을 헤집어 놓으면 흥분한 개미들이 까치를 물어 개미산^酸
을 뿜어댑니다. 까치는 개미로부터 나오는 산^酸으로 깃털 속에 기
생하는 균들을 죽이면서 시원함을 느낍니다."

봄샘의 개미 목욕에 대한 설명은 해묵은 궁금증을 풀어주었다.
언젠가, 후덥지근한 오후 동네 산책길에서 유난히 많은 개미가

✐　까치는 개미가 분비하는 개미산(蟻酸)으로 몸을 문질러 피부에 있는 기생충을 없앤다.
　　개미 목욕은 한자어로는 '개미의 목욕'이라는 뜻으로 의욕(蟻浴)이라고 하는데 영어로
　　는 anting이라고 한다.

이동하는 장면을 본 적이 있다. 곧 비가 오려고 개미가 분주히 움직이는 것쯤으로 생각했다. 잠시 후 개미집 앞에서 까치들이 몸부림치는 특이한 장면을 보았다. 그 장면을 보는 순간 까치가 독극물을 먹었다는 생각에서 생태계에 알지 못할 변괴가 일어났을지도 모른다는 생각까지 온갖 상상을 다 해보았다. 하지만 이 괴이한 장면이 왜 생겼는지 정확한 이유를 모르는 채 시간이 흘렀다.

대모산에 까치집이 많은 이유와 까치집의 특징에 대해서도 물었다.

"까치가 집을 만들 때는 30~40cm 길이의 막대기를 사용하는데 적게는 800개, 많게는 2,000개까지 사용합니다. 주로 단단하지 않은 무른 나무 위에 집을 짓지요. 까치집의 특징은 아래에서는 안 보이지만 지붕이 있어요. 까치는 지붕 때문에 옆으로 출입합니다. 까치도 다른 새들과 마찬가지로 새끼를 '딱 한 번' 키우기 위해 일회용으로 집을 짓지요. 새끼들이 다 커서 둥지를 떠나면 나머지 식구들도 미련 없이 그 집을 떠납니다."

영역에 민감한 까치

일행 중 누군가가 까치는 흑백이 뚜렷하고 산뜻하게 보이니 '길조답다'고 말하며 반가운 소식을 전한다는 길조吉鳥인 까치를 대모산에서 매일 볼 수 있어서 좋겠다는 말을 했다.

"사실 산뜻하게 보이는 까치를 매일 보니 늘 기분이 좋습니다. 까치가 더욱 길조로 보이게 하는 두 가지를 말씀드리고 싶습니다.

먼저 까치는 흰색과 검은색만 있는 것이 아니라, 자세히 보면 광택이 나는 회색과 파란색도 있습니다.

척추동물의 안구 속 망막에는 밝을 때 작동하는 원뿔 형태의 원추 세포圓錐細胞와 어두울 때 작동하는 가늘고 긴 모양의 간상세포杆狀細胞가 있습니다. 새들은 밝을 때 작동하는 원추 세포가 발달되어 색을 구별하는 것은 물론 자외선까지도 볼 수 있지요. 그런 이유로 새들은 인간보다 더 넓은 스펙트럼을 가지고 사물을 보고 있습니다."

봄샘은 한 가지를 더 이야기했다.

"중국에서 까치의 이름은 원래 '작鵲'이었지만 기쁜 소식을 전하는 새라는 의미로 '희喜' 자를 붙여 '희작喜鵲'이라고 불렀다고 합니다. 사실 까치가 희작으로 불리게 된 것은 까치의 우수한 기억력 때문입니다. 까치는 자기가 사는 동네 사람들을 다 알아보는데 동네에 낯선 사람이 나타나면 '경계하라'는 신호로 지저귄다고 합니다. 누군가 자기들 영역에 들어왔다는 것을 동료들에게 알리는 거지요. 일종의 '알람alarm'인데 사람들은 까치가 반가워서 지저귀는 것으로 생각해 버린 것입니다. 지극히 인간 중심적인 해석이지요.

까치뿐만 아니라 새들에게 영역을 지키는 일은 아주 중요합니다. 특히, 까치는 영역을 지키는 일에 사활을 겁니다. 사실 인간도 비슷하지 않습니까? 자기가 사는 동네에 낯선 사람이 나타나면 아무래도 긴장을 하게 되지요. 국가 간에도 영역을 침범하면 전쟁이 일어나지 않나요?"

까치의 가족애가 특별히 끈끈하다는 말을 들었던 터라 실제 그런 모습을 본 적이 있는지 물었다.

"한 가지 예를 들겠습니다. 다른 새들도 그렇지만 까치는 엄마 아빠가 아기 까치들의 똥까지 먹어요. 먹지 않는 경우에는 아기의 똥을 물어다 멀리 날라다 버립니다. 천적에게 들키지 않으려고요."

봄샘은 대모산에서 자신이 관찰한 까치 이야기를 마치며 한 가지 추가 정보를 주었다.

"며칠 있다 판교에 있는 환경생태학습원에 가시면 새의 날개에 관한 세미나가 열립니다. 그곳에 계시는 오 선생님을 만나보시면 까치의 생태에 관한 이야기를 더 들으실 수 있을 겁니다. 오 선생님은 까치를 관찰한 책도 출간했지요."

새의 세계라는 큰 문을 열고 나니 까치의 세계라는 또 하나의 작은 문이 기다리고 있었다.

까치의 천적

　까치의 생태를 관찰하고 기록하는 환경생태학습원 선생님들과의 만남은 겨울을 재촉하는 찬비가 내리던 어느 늦가을 날에 이루어졌다. 그날 설명을 하신 오 선생님과 문 선생님은 먼저 근처에 서식하는 까치의 집에 대한 이야기부터 들려주었다.

　"까치의 집은 언제나 깔끔합니다. 한 번 사용한 둥지를 다시 사용하는 경우를 본 적이 없어요. 까치는 해마다 새로운 둥지를 만드는데 도심에서 나뭇가지를 구하기 힘든 경우에는 묵은 까치집의 나뭇가지도 가져다 쓰기도 하지요. 때로는 다른 새들과 영역의 경계가 불분명해지면 까치의 옛집에는 황조롱이나 파랑새가 날아와 둥지를 틀기도 하지요."

　선생님들은 까치의 식성과 먹이를 찾아내는 영리함에 대해서도 설명해 주었다.

　"까치는 잡식성이라 뭐든 가리지 않고 잘 먹습니다. 심지어 언제 어디서 쓰레기봉투가 나오는지도 알아서 길 건너에서 쓰레기봉투를 기다리기도 합니다."

　얼마 전 까치가 집단으로 맹금류인 매까지 공격한다는 이야기를 들은 터라 도대체 까치가 두려워하는 것이 무엇인지 물었다.

　"저에게 하나만 꼽으라고 하면 인간입니다. '산책할 때 벌레 때문에 힘들다'는 민원 때문에 '해충'을 박멸시켜야 한다며 곤충들에게 농약을 분사합니다. 저低농약이라고 하면서요. 까치가 아무리 까치발을 세우고 고양이, 까마귀 걱정을 하면 뭐하나요?

우리는 농약이 벌레나 곤충만 골라서 죽이는 것으로 착각합니다. 얼핏 그렇게 보일지도 모르지요. 하지만 곤충이 죽으면 까치는 무엇을 먹을까요? 또 까치가 농약에 오염된 벌레를 먹는다면 괜찮을까요?"

우리와 늘 함께하던 까치였지만 그동안 알게 모르게 푸대접을 받다 보니 까치도 개체 수가 줄어들고 있다. 산뜻한 색깔의 털을 가진 까치는 왕성한 생명력으로 동아시아인들과 유구한 세월 고락을 같이해 왔다. 서양인들은 그런 까치를 '오리엔탈 맥파이Oriental magpie'라고 부르지만, 한국 까치에게는 '코리안 맥파이Korean magpie'라는 별도의 이름이 있다.

까치발을 하고 걷는 까치

까치밥

한국의 늦가을 감나무 꼭대기에는 으레 따지 않은 몇 개의 감이 매달려 있다. 무리해서 다 딸 수도 있겠지만 몇 개는 '까치밥'이라고 하여 따지 않고 남겨둔다. 어쩌면 희소식을 전하는 까치가 집

가까이 오도록 하기 위한 바람인지도 모르겠다.

까치밥은 인간이 자연과 동료 동물들에게 보여주는 예의이자 공생의 삶을 위한 슬기이다. 벼를 추수할 때도 이삭들은 남김없이 거두어들이지 않고 허기진 새들을 위해 논바닥에 몇 가닥의 이삭을 흘리듯 남겨 놓았다.

소설 《대지》를 쓴 펄 벅Pearl S. Buck 여사는 경주 관광을 마치고 근처 농촌에서 농사일을 마친 농부가 지게에 볏단을 지고 소와 함께 걸어가는 장면을 보았다. 그녀는 소달구지에 볏단을 싣고 타고 가면 되는데 농부가 하루 종일 고생한 소를 안쓰럽게 여겨 볏단을 지게에 지고 가는 모습을 보고 세상에서 가장 아름다운 정경이라고 하였다.

농부와 소의 아름다운 동반에 감동한 그녀는 감나무 꼭대기에 왜 감 몇 개가 매달려 있는지를 통역을 통해 근처 사람에게 질문한다. "저 감들은 따기 힘들어 남긴 건가요?"

"아닙니다. 저건 까치밥입니다. 배고픈 겨울새를 위해 남겨둔 거지요."

이 말을 들은 그녀는 "나는 한국에서 중요한 것을 다 보았습니다."라고 하였다.

서양에 관용의 정신 '톨레랑스'가 있다면 한국에는 여유와 나눔의 까치밥이 있다.

까치의 메시지

　중국에서는 까치를 기쁜 소식을 전하는 새로 보았지만 우리는 까치가 울면 머지않아 손님이 온다고 생각했다.

　우리에게는 언제나 손님을 살갑게 대하는 풍습이 있었다. 어떤 손님이 와도 살갑게 맞았다. 그 시절 어른들은 겨울에 찾아온 자식 친구의 언 손을 잡아 아랫목 이불 밑에 넣어 주셨다. 늘 사람을 기다렸고 만나면 반겨주었다. 가난한 친척이 찾아오면 안쓰러웠다. 빈손으로 찾아온 친척이지만 따뜻한 밥을 먹이고 재웠다. 형편이 되는 대로 노잣돈도 챙겨주었다.

　친구 집이나 친척 집을 찾아가면 부족한 음식이지만 나누어 먹었고, 잠도 한방에서 같이 잤다. 돈 없는 친구가 찾아와 기약 없이 머물다 가기도 했다. 얼마 전까지만 해도 이런 이야기들이 이상하게 들리지 않았다.

　"우리집에서 밥 먹고 가!"와 같은 말은 일상으로 듣는 말이었다. 하지만 오늘날 거주 형태가 바뀌고 각자가 자기 방에서 생활하는 통에 엄마가 아이 방에 들어가는 것도 눈치를 보아야 하고, 시골에 사는 큰아버지도 병원 진료차 새벽 버스를 타고 서울에 오셨다가 진료를 마치면 서둘러 버스터미널로 가셔야 한다.

　우리는 까치 소리를 듣고 누군가를 기다린 적이 있다. 기다리는 설렘도 있었다. 지금은 누가 찾아온다고 하면 오는 이유부터 알고 싶어한다. 손님이나 방문이라는 말만 들어도 '침범'이나 '방해'로 느껴지는 세상에 살고 있다. "우리집에서 자고 가!"같은 말은 이제 사라져가는 '사어 목록死語目錄'에 들어가고 있는 중이다.

세상이 변해도 까치 소리만큼은 낯선 방문객에 대한 '알람'이 아닌 손님을 맞이하는 '반가운 지저귐'으로 남겨두면 좋겠다.

까마귀

· 烏 오 ·

어느 해 설이 지나고 에드가 앨런 포^{Edgar Allan Poe}의 고향 매사추세츠주에 사는 미국인 친구로부터 이메일이 왔다. "한국에서는 정월 보름에 '레이번 케이크^{Raven cake}'를 먹는다는데 사실이냐?"고 묻는 내용이었다. 한국 문화와 역사에 조예가 있는 친구의 말이라 터무니없으리라고 생각하지는 않았지만 '까마귀 케이크'로 번역되는 레이번 케이크의 의미가 쉽게 와 닿지 않았다.

레이번 케이크에 관해 한국의 정월 보름과 관련 있다고 생각되는 것은 약밥으로도 불리는 약식藥食밖에 없었다. 혹시 약식의 재료에 까마귀 고기가 들어가는 것이 아닌가 싶어 약식의 레시피도 찾아보았다. 약식의 레시피 소개에 작은 글씨로 약식은 '오반烏飯'으로도 불린다는 구절이 있었다.

까마귀 밥이라는 뜻의 '오반'을 레이번 케이크라는 말과 연결할 수 있는 실마리가 잡힐 듯했다. 오반의 유래와 역사를 까마귀 전설이 내려오는 경주, 포항, 구룡포 일대로 가서 알아보기로 했다.

거문고를 쏘아라!

옛사람들은 우리에게 할 말이 있으면 언제나 전설로 이야기한다. 경주 남산에 있는 서출지書出池 전설이 오반의 유래를 알려주었다.

신라 소지왕◢◢이 정월 대보름에 천천정天泉亭이라는 정자로 행차를 하는데, 쥐 한 마리가 불쑥 나와 사람 소리로 까마귀를 따라가라고 외쳤다. 왕을 호위하던 장수가 까마귀를 따라가다 놓쳤는데, 연못에서 한 노인이 나와 봉투를 건넸다.

봉투 겉면에는 '열어보면 두 사람이 죽고, 열지 않으면 한 사람이 죽는다'고 씌어있었다. 왕은 두 사람보다 한 사람이 죽는 게 낫다고 생각한 끝에 열어보지 않으려 하자, 옆에 있던 신하가 "한 사

◢ 약식은 찐 찹쌀을 꿀, 참기름, 대추, 밤과 함께 진간장에 버무린 후 시루에 한 번 더 찐 밥이다. 보통 음식 이름에 약(樂) 자가 들어가면 꿀이 들어간다. 약과, 약고추장, 약조림을 예로 들 수 있다.

◢◢ 신라 제21대 왕(AD ?~500), 백제와 혼인 동맹을 맺고 고구려와는 적대적 관계를 유지. 재위 기간은 479~500년.

람은 바로 왕을 의미합니다."라고 간언했다. 봉투를 열어보니 그 안에는 '거문고를 쏘라'고 적혀 있었다. 왕이 활로 거문고 갑匣을 쏘니 그 안에서 후궁과 승려가 정을 통하다 나왔다. 왕은 그 둘을 처형하고, 매년 정월 보름 약식을 지어 까마귀에게 바쳤다.

한마디로 우리는 까마귀가 신령한 능력으로 예언과 인도를 해준 덕에 오반인 약식을 얻어먹고 있는 셈이다.

오늘날 까마귀는 '머리 좋은 새'보다 '재수 없는 새'라는 이미지가 지배적이다. 우리는 무엇이든 한번 부정적으로 보기 시작하면 매사를 부정적으로만 본다. 일상에서도 까마귀를 부정적으로 보기 시작하더니 '까마귀 고기를 먹었나?', '까마귀 날자 배 떨어진다'와 같은 표현까지 쓰게 되었다. 일단 '까' 자로 시작하는 말은 대체로 부정적으로 들리게 된다. '까칠하다', '까다롭다', '까불다'를 보아도 그렇다.

부정적으로 보다가 흉조가 되어버린 까마귀를 고대 사람들은 어떻게 보았을까?

일찍이 중국과 고구려에서는 다리가 셋 달린 까마귀 모습의 삼족오三足烏를 태양의 상징으로 숭배했다. 까마귀烏는 까치鵲와 함께 일 년에 한 번 견우와 직녀가 만나는 칠월 칠석날마다 '오작교烏鵲橋'라는 다리를 놓아주고 있다.

연오랑 세오녀延烏郎 細烏女

'견우와 직녀' 이야기와 비슷한 전설이 《삼국유사》의 기록에도 나온다. 바로 포항에서 구룡포에 이르는 바닷가 마을에 내려오는 '연오랑 세오녀'➴ 이야기이다. 이 전설은 고대 한반도와 일본이 교류했던 이야기를 들려주는데, 전설의 무대가 되었던 구룡포에는 아직도 일본인 거리의 흔적이 남아 있어 전설을 보다 생생하게 만들어준다.

포항에서 구룡포로 가는 도중에 있는 테마파크에서 들었던 '연오랑 세오녀' 전설의 내용을 정리해 보았다.

BC 57년 신라가 세워진 후 200여 년 후인 AD 157년, 포항과 구룡포 사이 바닷가에서 있었던 이야기이다.

연오랑과 세오녀라는 부부가 살고 있었는데, 하루는 연오가 바다로 나가 해초를 따고 있던 중 갑자기 바위 하나가 나타나더니 연오를 싣고 일본으로 가버렸다. 일본에 온 연오를 본 일본 사람들은 '이 분은 뭔가 범상치 않은 사람이다'라고 생각하여 자신들의 왕으로 삼게 된다.

➴   《삼국유사》 권1 〈기이(紀異)〉 편에 나오는 '연오랑 세오녀' 설화로, 우리나라에서는 유일한 태양 신화의 일종이다. 하늘에 제사를 지낸 곳은 영일현(迎日縣)이라고 불렸다. 까마귀와 관련해서는 오늘날에도 인근에 오천(烏川)이라는 지명이 있다.

세오는 연오가 돌아오지 않자 바닷가로 나가 연오를 찾다가 연오가
벗어놓은 신발을 발견하고 그녀 역시 그 바위에 오르니 바위가 그
녀까지 싣고 일본으로 떠나게 된다. 왕이 된 연오는 늦게 일본에 도
착한 세오를 만나게 된다.

두 사람이 떠나자 신라에 문제가 발생한다. 해와 달이 빛을 잃게 된
것이다. 나라의 운세를 보는 일관日官이 왕에게 "이 나라에 해와 달
의 정기가 일본으로 가버려 이런 괴변이 일어났습니다."라고 하니
왕은 사신을 보내 두 사람을 돌아오라고 하자 연오는 "내가 여기에
온 것은 하늘의 뜻이니 돌아갈 수는 없지만 나의 비妃가 만든 비단
으로 하늘에 제사는 지낼 수 있을 거요."라고 말하며 그 비단을 주었
다. 사신이 돌아와 있었던 사실을 임금께 아뢰고, 제사를 올리고 나
니 해와 달의 빛이 전과 같아졌다.

여기서 주목이 되는 점은 연오랑, 세오녀 이름에 까마귀 오烏 자
가 들어 있다는 점이다. 왜 그럴까?

그 이유에 대하여 한일 고대사를 전공한 이영희 교수는《삼국유
사》에 기술된 '연오랑·세오녀'를 제철 기술자로 보았고, 해와 달이
빛을 잃은 것은 연오랑과 세오녀가 일본으로 떠나면서 용광로의
불이 꺼졌다는 의미로 해석했다. 그렇게 보면 까마귀 오는 철을 암
시한다. 철의 색깔도 까마귀처럼 검기 때문이다.

그렇다면 연오의 연延과 세오의 세細에도 이와 관련된 의미가

있다고 보아야 할까?

물론이다. 대장간에서 쇠를 다루는 것을 본 적이 있다면 제철 기술은 크게 두 가지로 나누어지는 것을 알 수 있다. 하나는 잡아 늘인다는 뜻의 연신延伸과 다른 하나는 철을 용도에 맞게 두드리고 다듬는鍛 일이다.

한국이 일본과 협력하여 건설한 영일만 너머의 제철 공장은 옛날 연오랑과 세오녀 전설을 다시 한번 떠올리게 한다.

일본 까마귀

까마귀는 참새목 까마귓과에 속한다. 까치도 까마귓과에 속하니 둘은 가까운 친척이라 '까막까치'라는 말도 나왔을 것이다. 다만 사람들은 흑백의 털을 가진 까치를 '길조吉鳥'로 부르지만 몸 전체가 까만 까마귀는 '흉조凶鳥'로 친다.

일본인이 서울 남산에 오면 까치 숫자가 까마귀보다 많은 것에 놀라지만, 한국인이 도쿄 우에노 공원에 가면 까치는 안 보이고 몸집이 큰 까마귀들만 보게 된다.✍

✍ 일본에 까치가 안 보이는 이유는 한국 까치가 16세기 임진왜란 때 규슈지방을 통해 일본에 처음 들어갔지만 토종 까마귀의 위세에 눌려 숫자가 크게 늘어나지 않은 탓이라고 한다.

에보시(烏帽子)

일본에서는 지금도 제사를 지낼 때 신관神官들이 쓰는 긴 모자를 '까마귀 모자'라는 뜻으로 '에보시 烏帽子'라고 부른다. 옛적에는 까마귀를 그만큼 대접했다는 뜻일 것이다. 그러던 까마귀에게 시간이 지나면서 흉이 하나둘씩 늘더니 이제는 흉만 남아 버렸다.

우에노 공원에 산책 나온 한 노인은 이렇게 말한다. "공원의 까마귀들은 사람들과 너무 허물이 없어진 나머지 사람들이 주먹밥인 '오니기리おにぎり'를 먹다가 잠시 자리를 비우면 그사이 그걸 물어가기도 합니다. 때때로 까마귀들은 쓰레기통을 뒤집고, 쓰레기봉투까지 헤집어 버리는데 일본 사람들은 까마귀가 뒤집고 헤집는 것을 가리켜 '아사리あさり◢'라고 하지요."

◢ 일본어 동사 '아사루(あさる)'에서 나온 말로 일본인들은 '쓰레기를 헤집다(ゴミをあさる)'라고 쓴다. '아사루'의 명사형 아사리(あさり)는 한국어의 '아사리판'이라는 말을 유추하게 한다.

색에 대한 선입견

까마귀의 전신을 덮는 검은색은 경건함과 엄숙함의 상징이다. 보통 검은색으로 엄숙함을 표현하다 보니 학위 수여식의 가운도, 신부님의 미사복도, 판사의 법복도, 심지어 저승사자의 두루마기도 검은색이다. 까마귀를 의미하는 한자 '烏ᵒ'는 새를 의미하는 '鳥ᵒ'에서 눈동자를 의미하는 한 획이 빠져 있다. 까마귀는 온몸이 검은색이라 까만 눈동자를 의미하는 한 획을 빼도 괜찮다고 본 것이다. 이 사실을 까마귀가 알면 화를 낼지 몰라도 옛사람들의 위트는 기발하기만 하다.

사실 검은색은 오행 사상에서 지혜를 의미하는 물의 기운을 담고 있다. 그래서 그런지 몰라도 까마귀의 지능이 높다는 이야기는 하나둘이 아니다. 그중에는 까마귀가 딱딱한 호두를 까기 위해 도로에 호두알을 물어다 놓고 지나가는 차바퀴로 호두를 까도록 해서 호두알을 쪼아 먹는다는 이야기도 있다.

옛날부터 엄숙하고 지혜로운 까마귀가 졸지에 흉조가 되고 어쩌다 천덕꾸러기가 되었을까? 이에 대한 답은 제주도에서 내려오는 까마귀 전설 속에 들어있다.

옛날 옥황상제가 까마귀를 불러 인간의 수명을 적은 명부를 주며 인간의 수명을 담당하는 도령에게 전달하라고 했다. 까마귀는 지상에 내려온 후 제주도 말고기를 발견하고 말고기를 정신없이 먹다가 그만 명부를 잃어버렸다. 명부를 잃어버린 까마귀는 인간이 사는 마을에 내려와 제멋대로 울기 시작했다. 이때부터 죽는 순서가 노소에 관계없이 뒤죽박죽 되고 말았다. 이때부터 사람들은 까마귀가 울면 불길하게 생각하기 시작했다.

사람도 한번 흉이 잡히면 시간이 지나도 흉은 그대로 남는다. 나중에는 흉이 이미지로 굳어지기도 한다.

까마귀가 동물의 사체를 파먹는 '스캐빈저scavenger'╱로 구분되자, 육식 곤충인 '사마귀'에 마귀라는 말이 끼어 붙듯, 까마귀가 '까만 마귀'로 까지 들리게 되는 것이다.

일상에서 몸을 씻지 않아 더러워지면, '까마귀가 형님 하겠어요'라는 말을 쓰기도 한다. 한마디로 검은색에 대한 우리의 선입견은 부정적이다. '블랙마켓black market'이라는 말도 있다. 한편, 선의의 거짓말은 '화이트 라이white lie'라고 하여 흰색을 선의와 동일시한다.

컬러에 대한 선입견은 차별의 출발점이 된다. 특히 피부색 때문에 소수자로 구분되면 쉽게 왕따, 이지메, bullying(집단 괴롭힘)의

╱ 콘도르, 독수리, 까마귀, 하이에나, 회색곰 같은 자연환경의 시체 청소부 역할을 하는 동물을 뜻하는 영어

대상이 된다. 사실 아프리카에는 흑인이 없다. 아프리카 사람이 미국에 와서 흑인이 되었을 뿐이다. 최근에는 '블랙black'이라는 단어 대신 '에버니ebony'라는 말을 쓰기도 하지만 기본적인 정의와 평등은 피부색을 따지지 않는 '색맹color-blindness'에서 출발해야 한다.

우리는 알게 모르게 긴 시간에 걸쳐 많은 교육을 받아왔지만 그 교육 내용에는 시대적 선입견이 들어가 있는 경우가 많다.

고구려 때나 오늘날이나 까마귀 우는 소리는 똑같지만 까마귀 우는 소리에 대한 인간의 인식과 선입견은 시대에 따라 다르다. 우리의 인식을 형성하는 교육은 시대에 맞는 사상을 주입시키고 제도에 순응시키려는 의도가 숨어있는 경우가 많다. 그런 점에서 우리는 현재 알고 있는 지식이나 정보를 다시 한번 짚어보고 의심해 보는 것도 의미가 있을 것이다.

우리는 까마귀를 완전히 검은 새로 보지만 사실 까마귀의 깃털에는 검은색만 있는 것은 아니다. 까마귀의 깃털을 자세히 살펴보면 파란색과 보라색까지 띠고 있다. 까마귀의 파란색과 보라색은 보는 각도에 따라 보이기도 하고 보이지 않기도 하는 '구조색構造色, structural coloration'이다. 평소에는 검은색으로만 보이다가 어느 순간 다른 색으로도 보이는 것이다. 까마귀 외에 구조색을 가진 새는 공작을 꼽을 수 있다.

세상에는 눈에 보이는 것, 보이지 않는 것, 열어보아야 아는 것,

덮어두어도 아는 것, 지나보아야 아는 것들이 혼재되어 있다. 또 누가 보느냐에 따라 백두산이 장백산이 되기도 한다. 마찬가지로 프랑스에서 '몽블랑Mont Blanc'이라고 부르는 산이 이탈리아에서는 '몬테비안꼬Monte Bianco'로 불린다. 같은 산이라도 봄에 보는 산과 가을에 보는 산이 다르고, 해 뜰 때 보는 산은 해 질 때 보는 산과 다르게 보인다. 배부를 때 보는 산과 배고플 때 보는 산 역시 다르게 보인다.

오합지졸烏合之卒

까마귀는 늘 무리를 지어 다닌다. 대부분의 까마귀는 텃새이지만 울산, 오산, 김제에 오는 떼까마귀는 몽골과 시베리아에서 오는 겨울 철새다.

사람이나 철새나 편한 잠자리와 먹을 것을 찾아 이동한다. 까마귀가 찾아오는 울산의 삼호대숲은 매 같은 포식자들의 접근이 어렵고, 겨울철 오산과 김제의 논에는 흩어진 낟곡이 있고, 밭에는 보리가 파종되어 있다. 까마귀는 논밭을 헤집어 낟곡을 파먹지만 분변을 누고 간다. 농민들은 논밭에 천연 비료를 주는 까마귀를 먼 발치에서 기특한 듯 바라본다.

일찍이 가족 단위로 집단생활을 하는 까마귀의 모습을 유심히 관찰한 중국인들은 두 가지 성어를 만들어 냈다.

'까마귀가 늙은 어미에게 먹이를 물어다 준다'는 뜻으로 자식이 부모를 봉양하는 것을 가리켜 '반포지효反哺之孝✔'라고 하였다. 어릴 적 먹여준 것을 갚는다는 뜻이다. 까치가 새끼에게 눈물겨운 사랑을 바친다면, 새끼 까마귀는 커서 부모에게 극진한 효도를 하는 것이다.

까마귀 새끼는 다 클 때까지 부모 곁에 머물면서 가사를 돕는다. 새로 태어난 새끼들, 즉 동생들에게 먹이도 물어다 주고, 둥지 청소를 돕기도 한다. 이 과정에서 까마귀 새끼는 부모로부터 많은 것을 배운다. 부모는 새끼들에게 나는 법과 우는 법을 가르치는데, 우는 법이라는 표현보다는 까마귀어語✔✔라고 하는 것이 옳을 듯하다.

까마귀가 선사한 또 하나의 성어는 오합지졸이다. 질서 없이 어중이떠중이가 모인 군중을 가리킨다. 까마귀 집단이 평소 특별한 리더 없이 움직이는 가족 공동체이기 때문에 나온 말이다.

전한前漢 말기 왕망王莽이 어린 황제를 폐하고 신新이라는 나라

✔ 중국 진(晉)나라의 이밀(李密)이 지은 《진정표(陳情表)》에 실린 이야기로 무제(武帝)는 이밀에게 관직을 내렸지만 이밀은 늙은 할머니 봉양을 위해 관직을 사양하면서, "까마귀도 반포지효가 있습니다. 늙으신 할머니를 돌아가실 때까지만 봉양할 수 있도록 헤아려 주십시오."라고 하였다.

✔✔ 2017년 일본 국립종합연구대학원 연구팀은 까마귀 울음소리를 분석, 까마귀가 최소한 40개 정도의 '까마귀어'를 구사하는 것을 확인하였다.

를 만들었을 때, 한 장수가 이들을 무찌르면서 "그들은 '오합지중烏合之衆에 불과하다.'"라고 외쳤다. 이 외침은 그 후 오합지졸로 변형되어 사용되었다.

　인간 사회에서 오합지졸이 세력화되는 첫 번째 단계는 분노를 심는 일이다. 대부분의 독재자들은 자신들에게 유리한 체제를 구축하기 위해 먼저 다수가 분노할 수 있는 속죄양을 만든다. 히틀러의 경우는 유대인을 속죄양贖罪羊, scapegoat으로 삼았다. 이후 독재자들은 자신들의 권력을 강화하기 위해 오합지졸을 폭력을 행사하는 전사로 바꾸어 놓는 일을 해왔다.

　오늘날에는 이런 사례들이 없어졌을까?

참새

· 麻雀 마작 ·

어느 오후 서울 성동구 서울숲 벤치에 앉아 방금 산 건빵과 새우깡 봉지를 뜯을 때였다.

건빵의 구수한 냄새와 새우깡의 기름기가 가까이에 있던 참새들을 불렀다. 눈치를 보는 참새들에게 건빵과 새우깡 몇 조각을 부스러기를 내어 가볍게 던져 주었다. 가슴에 검은 털이 진한 수참새 한 마리가 조각을 입에 물고 자리를 비웠다. 가만히 보니 매번 조각을 멀리 떨어져 있는 새끼들에게 물어다 주고 있었다.

수참새는 먹이를 몇 차례 물어다 주면서 먹을 것을 던져 주는 사람을 여러 차례 살피더니 안심을 해도 된다고 생각했는지 아예 암참새와 새끼들까지 데리고 온다. 수참새는 먹이를 쪼아 먹다 목이 막히면 수돗가로 가서 흘려진 물 서너 모금을 쪼아 마신 후 양다리를 모아 통통 튀는 모습으로 새끼들이 있는 곳으로 돌아온다.

아기 손가락 두 마디만 한 작은 몸뚱이로 새끼들까지 건사해야 하는 수참새는 늘 주위를 살피고 조심한다.

돌이켜 보면, 참새는 사시사철 아침저녁으로 인간 가까이에 있었지만 인간을 너무 가까이도, 너무 멀리도 하지 않았다. 참새는 인간의 곁을 떠나면 먹을 것을 구하기 어렵고 인간을 너무 가까이하면 인간의 '먹을 것'이 된다는 사실을 이미 깨우친 것 같다.

참새떼를 자세히 들여다보면 계절에 따라 가족 수가 다르다는 것을 알 수 있다. 초목이 무성해지는 봄과 여름에는 소가족으로 생활하지만, 풀이 마르고 나뭇잎이 떨어진 겨울철로 접어들면 대가족 생활을 시작한다. 겨울에는 30~40마리가 가족을 이루어 살기도 한다. 날 때도 같이 날고, 앉을 때도 같이 앉는다. 휴식도 같이한다.

고대 중국인들도 겨울 참새떼를 무심하게 보지는 않았던 것 같다. 중국에서는 3,000년 전, 참새를 의미하는 '마작麻雀'이라는 이름의 놀이를 만들어 오늘날까지 즐기고 있다. 놀이에 마작이라는 이름을 붙인 이유는 놀이 테이블에서 패를 뒤섞는 소리가 겨울철 참새 가족이 삼麻밭에서 재잘거리는 소리처럼 들렸기 때문이다.

까불지 마라

쌀이 많이 나는 만경강과 동진강 사이에 있는 금만평야에 사는 사람들은 '찧고 까분다'라는 표현을 입에 달고 쓴다. '방아 찧고 키로 친다'는 뜻이다. 이들은 추수가 끝난 논에서 주운 이삭은 방앗간으로 보내지 않고 집에서 절구에 빻은 후 키로 쳐서 쌀알을 챙겼다.

빻은 쌀은 키를 치는 순간 바람이 불면 귀한 낱알이 땅에 떨어지고 만다. 그래서 나온 말이 '(아무 때나) 까불지 마라'이다. 땅에 떨어진 낱알 중 쪼개진 작은 조각들은 줍기조차 어렵다. 땅에 떨어진 조각들은 시력이 좋은 참새들의 차지가 된다.

참새는 인간의 주변에 살면서 해충을 먹어 '친구'가 되기도 하지만, 다 익은 곡식을 먹어 '원수'가 되기도 한다. 가을철이 시작되면 농부들의 참새 걱정은 이만저만이 아니었다. 참새에 대한 걱정은 때때로 증오와 공포로 변했다.

농가에서는 아이들까지 동원해 벌판에 나가 소리를 질러보기도 하고 허수아비를 세워 보기도 하지만 효과는 그저 그랬다. 참새는 논에 느닷없이 나타난 허수아비를 보면 하루 이틀은 바짝 긴장하다 허수아비가 자신들을 공격하지 않는다는 사실을 알면 허수아비 머리 위에 자리를 잡고 앉아 조잘거리기도 한다.

일본 농민들 역시 참새 쫓기에 관한 한 한국 농민들 못지 않은 것 같다. 일본 규슈지방에서 본 허수아비들은 공포 영화에나 나올 것 같은 교복을 입고 피를 흘리는 여고생의 모습에서 미라에 이르기까지 다양하지만 이 역시 효과는 '별로'라고 한다. 어쩌면 참새들보다 인간들에게 무서움을 주려는 짓궂음이 느껴지기도 한다.

일본 농민들은 무섭게 보이는 허수아비를 만들다 나중에는 한껏 창의력을 발휘하여 다양한 모습의 허수아비를 만들어 축제를 열어 관광 수입을 올리고 있다. 좋은 쌀이 나는 야마가타현山形縣에서는 9월 중순이 되면 허수아비 축제인 '가카시案山子 축제'가 열린다. '가카시'는 허수아비를 말하는데 창의적으로 만든 가카시를 보러 도시에서 놀러 오는 관광객이 적지 않다.

모택동과 참새

'허수아비稻草人를 세웠는데도 새들은 아랑곳조차 하지 않는다'◢라는 표현이 사전에 예문으로 나오는 것을 보면 가을철 중국 참새들도 만만치 않은 것 같다.

중국은 상호 관련성이 큰 산업을 총괄하여 관리하는 소련의 콤

◢　　虽然立了稻草人, 但鸟儿们根本不理

비나트ᴷᵒᵐᵇⁱⁿᵃᵗ 체제가 부러웠는지 1958년경 중국판 콤비나트인 '인민공사'를 세워 이른바 '대약진 운동'을 추진하였다.

대약진 운동은 '제사해 운동除四害運動'으로부터 출발하였다. '제사해'란 네 가지 해충을 제거한다는 뜻으로, 그 네 가지 해충으로 파리, 모기, 들쥐 그리고 참새를 지목하였다. 우선 참새라도 없어지면 수확량이 크게 늘 것 같아 대대적인 참새 '홀로코스트ᴴᵒˡᵒᶜᵃᵘˢᵗ'를 벌였지만 결과는 영 딴판이었다. 그 이유는 참새 수가 줄어들자 메뚜기떼와 해충들이 창궐하여 생태적 균형이 무너져 수확량이 크게 떨어지고 만 것이다.

수확량이 떨어지자 수천만 명이 굶어 죽었다. 결국 중국은 소련에 도움을 요청하여 연해주에서 참새 20만 마리를 어렵게 수입하여 전국에 풀었다. 대약진 운동은 실패로 끝났고 모택동은 리더십에 적지 않은 손상을 입게 되었다.

도대체 무엇이 문제였을까? 아무리 유능한 지도자라도 국가 운영에 필요한 지식을 다 알 수는 없기 때문이다.

중국에서는 행정상의 문제를 지적할 때도 참새가 동원된다. "참새를 잡기 위해 대포를 쏜다大砲打麻雀."라는 말이 있다. 이 표현은 주로 목적과 수단 사이에 '합리적 비례 관계'가 없다고 할 때 쓰는 말로 한국의 관가에서도 자주 인용된다. "모기를 잡기 위해 큰 칼을 뽑는다."라는 의미의 '견문발검見蚊拔劍'도 비슷한 맥락에서 사용된다.

정치와 행정은 결국 '어느 방향Direction으로 얼마나 가느냐Distance'의 문제로 귀착된다. 정치는 방향을, 행정은 구체적 거리를 결정한다. 지도자가 방향을 잡지 못하고, 가야 할 거리를 짐작하지 못하면 결국 참새를 잡기 위해 대포를 쏘는 일이 생기고 만다.

연작燕雀과 홍곡鴻鵠

정치인들은 늘 비유와 인용을 하여 사람들을 설득하려고 한다. 그들은 다른 정치인들이 쓰지 않은 '참신한' 사자성어를 찾느라 골몰하기도 한다. 어렵게 찾은 사자성어가 사람들의 귀에 생소한 것이라면 사용한 사람은 유식하게 보일지 몰라도 남을 설득하는 데는 실패하고 만다.

정치인들이 자주 인용하는 사자성어 중에 '연작홍곡燕雀鴻鵠'이라는 말이 있다. "제비나 참새 따위가 기러기鴻나 고니鵠의 높은 뜻을 어떻게 알겠느냐"라는 의미이다. 자신은 홍곡이고 상대 정치인은 연작이라는 말이다.

이 말의 기원은 기원전 3세기 중국 진秦나라 때 민중 봉기를 일으킨 진승陳勝이 한 말에서 비롯된다. 진승은 젊은 시절 품팔이로 농사를 짓던 중 동료들에게 "우리가 부귀를 얻으면 서로 잊지 맙시다."라고 말한다. 이 말을 들은 동료들은 "품팔이 주제에 부귀는 무슨 부귀?"라고 냉소하였다. 이에 진승이 "제비나 참새가 어찌 기러 기나 고니의 뜻을 알겠는가?"라고 말한 것이 그 유래가 되었다.

그렇다면 진승이 말하는 연작燕雀과 홍곡鴻鵠의 차이는 무엇일까? 간단히 말하면 비행 고도의 차이다. 연작은 낮게 날고 홍곡은 높이 난다. 연작보다 높이 나는 홍곡은 시야가 넓어 연작보다 훨씬 많은 것을 볼 수 있다.

하지만 연작과 홍곡의 관계는 상대적일 뿐이다. 내가 연작이면 상대가 홍곡일 수 있고, 내가 홍곡이 되면 상대는 연작이 된다.

사람은 누구나 상대에게 우월감이나 열등감을 느낄 수 있다. 열등감이나 우월감의 원인은 신체, 신분, 금전, 성장 환경, 학력이나 학벌 같은 것이 될 수 있다. 사람은 열등감의 지배를 오래 받고 나면 주눅이 들고 시야가 트이지 못해 홍곡이 말하는 '연작'이 되고 만다.

열등감을 전혀 못느끼는 홍곡은 우월감이 넘쳐 자기 과시욕이 과대망상 수준에 이르게 되고 이를 보다 못한 연작은 구토를 일으킨다. 연작이 홍곡의 뜻을 쉽게 알리도 없겠지만, 홍곡 또한 연작의 뜻을 헤아리기는 어렵다. 홍곡은 대개 시시한 연작의 뜻 따위는 알려고도 하지 않는다.

부부간에도 남편이 스스로 홍곡이 되어 거대 담론만 늘어놓으면 연작이 된 아내는 앞날을 불안해 한다. 반대로 아내가 홍곡이 되면 남편은 연작이 되어 꽁생원이 되고 만다.

'새가슴'을 가진 참새

참새는 비록 기러기鴻나 고니鵠처럼 고매한 뜻도 높게 나는 재주도 지니지 않았지만 참새떼가 보이는 집단 반응만큼은 어느 새보다 빠르다. 참새는 겨울철 마른 덤불 속에서 한꺼번에 수십 마리가 튀어 나왔다가 일시에 덤불 속으로 빨려 들어가듯 숨기도 한다.

참새들은 나뭇가지나 전깃줄에 앉아 쉬기도 졸기도 하지만 주변 기미가 조금만 이상해도 바로 흩어지듯 달아난다. '아! 이래서 '새가슴'이라고 하는가'라는 생각이 들기도 하지만 참새는 바로 그 새가슴 덕분에 오랜 세월 천적들로부터 자신들을 지켜낸 것도 사실이다.

참새만 '새가슴'을 가진 것은 아니다. 물가에서 사는 새들도 한쪽 눈을 뜬 채로 잠을 잔다. 이것을 '반구수면半球睡眠, hemispheric sleep'이라고 하는데 전체 뇌의 반만 잠을 잔다는 뜻이다.

참새의 집단 반응도 '새가슴' 때문일까?

신은 궁금한 사람에게는 가끔 다른 사람을 통해 힌트를 주기도 한다. 주말 산행에서 만난 옥도훈 박사는 참새의 집단 반응에 대한 자신의 견해를 제시해 주었다.

"참새가 한꺼번에 내려앉고 날아올라 가는 것은 일종의 '동조同調' 현상으로 볼 수 있지요. 한 참새의 날갯짓이 아주 짧은 시간에 전체 참새에게 전달되어 날갯짓을 하게 되는 겁니다. 참새의 그런 모습을 멀리서 보면 참새들이 동시에 움직이는 것으로 보이지요."

그는 참새들의 동조 현상은 참새들끼리 서로 신체 리듬rhythm과 박자가 맞아야 가능하다는 말도 덧붙였다. 플라밍고의 군무나 물고기 떼가 몰려다니는 것 역시 같은 이치로 해석할 수 있다.

어린아이들도 리듬과 박자가 맞아야 잠을 잔다. 어릴 적 할머니가 힘없는 목소리로 불러 주시는 자장가에서 리듬을 느꼈고, 등을 살살 토닥여 주실 때 박자를 느끼며 곧 잠이 든 추억이 있을 것이다.

동조와 비슷한 말에 '울림'이 있다. 나의 말이나 생각을 상대방에게 제대로 전달하려면 상대방의 마음과 가슴 속에 울림이 일어나야 한다. 가수들도 청중의 마음에 울림을 만들기 위해 온갖 표정과 제스처를 쓴다. 정치인들 역시 유권자들에게 울림을 주려고 늘 골몰한다. 정치인들이 울림을 위해 던지는 단골 메뉴는 '서민의 자식'이다. 하지만 이제는 그 메뉴도 점점 식상해지고 있다.

참새구이와 작설차

10년 전 참새의 수는 지금보다 훨씬 많아서 포장마차의 술안주로 참새구이가 나올 정도였다. 이제는 별미식을 파는 식당에나 가야 참새구이를 맛볼 수 있다. 참새가 '참새'라고 불린 이유도 구이의 맛이 좋아 생긴 이름이라는 주장도 있다. 그 주장에 따르면 새는 구워야 본맛이 나오는데 사이즈가 큰 칠면조보다는 닭이, 닭보다는 크기가 작은 참새의 맛이 좋다고 한다. 그런 이유로 참새의 '참' 자도 참기름처럼 '참'이 붙었다는 것이다.

요리에 조예가 깊은 중국인들은 음식맛을 따지기에 앞서 한 가지 원칙을 우선시한다. 이름하여 '우취우눈又脆又嫩'이다. 요샛말로 '겉바속촉'이다. 중국 사람들은 겉은 바삭바삭하고 속은 부드러운 음식을 좋아한다. 왜냐하면 음식은 딱딱해야 이齒牙를 만족시키고 말랑말랑해야 혀를 만족시킬 수 있기 때문이다.

우취우눈의 원칙에 가장 부합하는 새 요리는 참새구이이다. 참새구이는 뼈까지 씹어 먹는데 씹을 때 '오도독' 소리가 나는 것이 '바삭바삭'하다는 의미의 취脆에 해당되기 때문이다.

참새구이의 추억이 있는 분들에게 한국산 작설차雀舌茶를 소개한다. 작설차는 곡우4월 20일경와 입하5월 5일경 사이에 딴 작은 찻잎인데 찻잎의 모양이 참새의 혀舌를 닮았다고 하여 지어진 이름이다.

작설차의 특징은 뒷맛이 아주 깔끔하다는 점이다. 차에 조예가 있는 중국인 친구에게 한국산 작설차 맛에 대한 느낌을 물었다. 개운하다는 뜻의 "슈왕爽!"이라는 감탄사를 연발한다.

365일이 생生일

신으로부터 다른 동물보다 큰 뇌를 선물 받았던 인간은 자신들의 '편便'과 '이利'를 위해서 뇌를 더욱 진화시켰다. 심지어 인간은 다른 생물체의 존재도 시시각각 이의 관점에서 판단한다. 인간은 참새를 이의 관점에서 '해조害鳥'로 부르다 생각을 바꾸어 '익조益鳥'라고 부르기도 한다.

사람들은 참새만 편리의 관점에서 보는 것은 아닌 것 같다. 사람들은 자신과 가까운 관계에 있는 사람도 편리의 관점에서 본다. 돌아가실 때가 가까워지는 부모가 불편해지고, 돈 떨어진 친구는 만나기가 싫어진다.

우리가 편리함을 추구하고 귀찮은 것을 꺼리는 생활을 추구하는 동안 참새 따위에는 신경 쓸 겨를이 없었을지도 모르겠다. 참새는 지난 10년간 개체 수가 무려 50%나 줄었다고 한다. 이대로 가면 참새가 '우리 곁에 있었던 새'로 바뀌게 될지도 모를 일이다.

참새의 개체 수가 급격히 줄어드는 상황을 심각하게 생각한 사람들이 있다. 인도의 한 민간단체가 2010년 3월 20일을 '세계 참새의 날World Sparrow Day'로 선포하였다. 거창하게도 코믹하게도 들리는 이날은 사실 참새의 생일이라기보다는 365일 중 하루일 뿐이다.

아직도 욕구와 바람이 많은 인간은 자신들의 존재와 가치를 주장하기 위해 달력에 특정 날짜를 잡아 '○○날'이나 '××날'이라고 부를 것을 강요한다. 10월에만 그런 날들이 14일이나 된다.

알고 보면 365일 중 하루는 참새의 탄생일이겠지만 365일 하루하루가 참새의 생生일이어야 하고, 인간의 생生일이어야 한다. 365일 중 참새에게나 인간에게 단 하루도 살지 못할 날이 있으면 안 되기 때문이다.

자연 속으로…, 박태후

비둘기

· 鳩 구 ·

　　서울에 살다 귀향한 후배 병철이가 어릴 적 시골에서 비둘기를 키우던 이야기를 들려주었다.

　　평소 말을 잘 듣던 병철이가 초등학교 6학년이 되자 숙제도 안 하고 동네를 쏘다니다 집에 늦게 들어오는 일이 잦아지자 병철이 아버지는 병철이에게 생각보다 일찍 사춘기가 왔다고 보고 병철이의 성정을 다듬기 위해 비둘기를 기르게 하셨다.

　　아버지는 비둘기 여섯 마리가 살 수 있는 비둘기 집을 목공소에서 만들어다 주셨다. 아버지의 바람대로 병철이는 비둘기 키우는 일에 점점 흥미를 붙여 학교가 파하면 바로 집으로 와서 비둘기에게 물과 먹이부터 주었다.

다음은 병철이의 비둘기 사육 경험담이다.

제가 비둘기를 키워보니, 비둘기는 사랑을 실천하는 새인 것 같습니다. 비둘기는 알을 두 개씩 낳아요. 그 두 개의 알을 20일 정도 품다 부화를 한 후 다 자라면 부부가 됩니다. 이후에도 이들 부부는 늘 같이 다닙니다.

어미 비둘기는 계속 알을 낳고, 새로 부화한 새끼들 역시 여섯 달이 지나면 알을 낳기 시작하지요. 이후 비둘기는 기하급수적으로 늘어나게 됩니다. 1년 만에 30마리가 되데요. 제가 혼자 30마리를 먹이고 키우는 게 어찌나 힘이 들던지 몸살이 난 적도 있어요.

30마리나 되는 비둘기를 관리하기 힘들어 멀리 임성리에 사는 친구들에게 두 마리씩 분양을 해주어도 얘들이 귀소 본능 때문에 도로 날아와 버려요. 비둘기가 돌아올 때마다 비둘기를 기른 경험이 있으신 아버지는 "내가 그럴 줄 알았다."라고 하시면서 다른 집에 분양할 때는 날개를 조금 잘라서 보내라고 하셨어요. 좀 이상하게 들리긴 했는데 효과는 100퍼센트였어요.

비둘기는 날개가 잘리고 나면 어찌 된 일인지 옛집으로 돌아오는 것을 포기하고 슬픈 현실을 그대로 받아들이고 말지요. 이후 날개 잘린 비둘기는 남의 집 비둘기가 되고 말아요.

비둘기요? 한마디로 순하고, 부부 관계 원만하고, 의리 있고… 그만하면 나무랄 데 없지요. 그 정도면 '화합과 평화의 상징' 아니겠어요? 인간계에서 비둘기 같은 사람을 찾기는 어려울 겁니다.

병철이의 이야기를 들으니 비둘기 이름에 합合 자를 넣어 비둘기를 '합자鴿子, gēzi'라고 작명한 중국인들의 관찰과 위트에 수긍이 간다.

'비둘기'라는 이름

비둘기를 중국인들은 '거즈鴿子, gēzi', 일본인들은 비둘기가 내는 소리인 '구구ㄲㄲ'를 의성어로 하여 '구鳩' 자로 비둘기를 표현하고 '하토'라고 읽는다. 한국인들은 비둘기를 왜 '비둘기'라고 부르게 되었을까?

어원을 찾아가던 중 고향 친구로부터 단서가 될 '말 조각' 하나를 우연히 얻게 되었다. "어릴 적 막냇동생이 깜밥(누룽지)을 쥐고 있어 뺏어 먹었더니 '달기똥' 같은 눈물을 흘리더라." 친구의 말에서 불현듯 '달기'가 귀에 들어왔다. '달기'는 옛말로 닭을 말하고, '달기똥'은 닭똥을 의미한다. '달기'에서 비둘기의 '둘기'가 연상되었다.

비둘기의 첫음절인 '비'는 비둘기 날개에서 반사되는 빛 때문에 처음에는 '빛' 자를 붙였는데 '빛' 자가 '비'로 바뀌어 비둘기가 되었다는 설명도 있지만 그보다는 비둘기의 '비' 자는 '飛' 자일 것이라는 추측이다. 그렇게 추측을 하는 이유는 조류 중 인간과 가까이 지내는 큼직한 새 중에는 닭과 비둘기가 있는데, 닭은 거의 날지 못하지만 비둘기는 날 수 있다. 따라서 비둘기는 '나는 달기' 즉 '비飛달기'가 되었고 '비달기'는 시간이 지나면서 '비둘기'로 되었을 것이다. 사실 1960년대 까지만 해도 비둘기를 '비달기'라고 부르기도 했다.

전서구傳書鳩

한·중·일 학자 중 오늘날 노장老莊사상을 가장 정확히 해석하는 김정탁 교수가 인민의 유래를 설명한 적이 있다.

김 교수는 "중국 역사를 제대로 이해하려면 먼저 성城을 이해해야 하지요. 성에서 생활하던 시절에는 성안에 사는 사람을 인人, 성밖에 사는 사람은 민民이라고 했지요. 이 둘을 합쳐 '인민'이라고 했고요."

김 교수의 말처럼 성을 제대로 이해하려면 성과 성 사이의 통신방법도 알아야 한다. 만약 어느 성이 다른 성과 통신을 하지 못하면 '고립된 성'이 될 수밖에 없기 때문이다.

당시 중국에서는 성과 성 사이의 간단한 연락은 봉화烽火로도 했지만, 중요한 서신은 비둘기의 발에 묶어서 보냈다. 이렇게 서신을 전하는 비둘기를 '전서구傳書鳩'라고 하였다.

귀소 본능歸巢本能✎이 발달한 비둘기는 BC 3,000년경 이집트에서 처음 통신용으로 사용되었고, 이후 칭기즈칸도 전서구를 통해 승전보를 전했다. 전서구는 근대에 이르기까지 통신용으로 줄곧 활약하였다.

전보가 연결되지 않았던 시대인 1848년 프랑스 2월 혁명의 성공도 전서구를 통해 유럽의 각 도시들로 퍼져 나갔다. 비둘기가 인류의 자유 신장에 기여를 한 셈이다.

미국 워싱턴 D.C.에 있는 스미소니언 박물관의 미국사 코너에는 박제가 된 암컷 전서구 한 마리가 외다리로 서 있다. 전서구의 이름은 '셰라미(Cher Ami: 사랑하는 친구)'이다. 1차 세계대전 중 프랑스 전선에 파견된 미 육군 휘틀시Whittlesey 소령은 독일군의 포위 속에 탄약과 식량, 통신마저 두절된 상태에서 두 차례 전서구를 날려 자신들의 상황을 알리려고 하였지만 독일군의 총격으로 전서구들이 모두 땅에 떨어지고 말았다.

마지막 전서구가 셰라미였다. 셰라미는 '아군의 포격이 우리에게도 미치고 있다. 멈춰라'라는 메시지를 발에 묶고 날아올랐다. 셰

✎ 비둘기의 귀소 본능은 비둘기의 머리와 부리 사이에 있는 자성(磁性) 성분의 특수 세포 때문이라는 설이 있다.

라미는 40여 km 떨어진 사단 본부에 메시지를 성공적으로 전달하여 200명 가까운 병사들의 목숨을 구했다. 임무는 성공했지만 셰라미는 비행 중 독일군의 총격을 받아 피범벅이 된 채 한쪽 다리마저 잃은 상태였다.

셰라미는 이듬해 부상의 후유증으로 죽고 말았다. 미국 정부는 1931년 셰라미를 명예의 전당에 안치하고 프랑스 정부도 셰라미에게 레지옹 도뇌르 훈장을 추서하였다. 평화의 상징인 비둘기가 전쟁 중에 진가를 발휘한 것이다.

전서구로 처음 사업을 한 사람은 유대인 사업가 로이터Paul Reuter였다. 로이터는 1850년 파리와 베를린을 연결하는 전신망 중 브뤼셀과 독일 아헨 구간에 전신선이 깔리지 않은 점에 착안하여 아헨에서 전서구 사업을 하였다. 그가 전서구를 날려 브뤼셀의 주식 정보를 기차보다 5시간 빠른 2시간 만에 아헨에 전해 정보가 독일 전역에 퍼지도록 한 것이 로이터통신 성공의 계기가 되었다.

전서구는 아직도 중국이나 프랑스

스미소니언 박물관에 있는 셰라미 박제

에서는 군사 통신에 이용되고 있다. 그 이유는 현대전이 벌어지는 경우 전자시스템과 통신망이 가장 먼저 파괴될 가능성이 크기 때문에 만일에 대비해서 전서구 부대를 유지하는 것이다. 하이텍^{hi-tech}이 불가능한 상황에서는 로우텍^{low-tech}으로 갈 수밖에 없기 때문이다.

전서구가 외국에만 있었던 것은 아니었다. 12세기 고려 때 있었던 이야기이다.

고려의 무신들은 문신들의 천대에 분노하여 문신을 제거하고 정권을 장악하였다. 무신정권의 권력은 정중부, 경대승, 이의민으로 이어진다. 이들 중 이의민이 최종 승자가 되어 권력을 장악할 무렵 뜻밖의 사건이 발생한다.

아버지의 힘을 믿고 방자해진 이의민의 아들 이지영이 무신 최충수가 애지중지하던 전서구를 빼앗는 일이 생긴다. 전서구를 빼앗긴 분을 삭이지 못한 최충수는 형 최충헌과 함께 이의민과 이지영을 살해한다. 이로써 고려 중기 무신정권에서 파생된 4대에 걸친 최씨 무신정권은 삼별초에 의해 무너질 때까지 62년 동안 유지된다. 이 이야기를 전해 들은 일본인들은 고려 비둘기에 호기심이 발동하여 비싼 값에 고려 비둘기를 구입한 후 전서구로 훈련시켰다.

비둘기와 일본인

일본인들은 종종 사람의 성姓에 동물을 가리키는 한자를 넣는다. 조류나 포유류 심지어 거머리를 성으로 사용하기도 한다. 실제로 '히루타蛭田'라는 성에 들어 있는 蛭질자가 '거머리 질' 자이다.

일본인들이 성姓에 조류를 넣는 경우도 제법 많다. '타카야마鷹山'라는 성에는 매가, '츠루다鶴田'와 '타케츠루竹鶴'에는 학이, '카라스카와烏川'에는 까마귀가, '카모야마鴨山'에는 오리가, '우야마鵜山'에는 가마우지가 들어가고, '하토야마鳩山'는 비둘기가 들어간 성이다.

일본 수상을 지낸 인물 중 하토야마 유키오鳩山由紀夫 씨는 짧은 재임 기간(2009.9~2010.6)에도 불구하고 일본의 자존심보다 동북아의 평화를 위해 노력하였다. 종군 위안부 문제에 대해서도 일본 정부를 비판하고 사죄와 보상을 강조하였다. 그는 퇴임 후 2018년 한국의 합천에 들러 원폭 피해자를 찾아가 용서를 구하기도 했다. 하토야마 유키오 씨의 성에 들어간 비둘기와 평화가 오버랩 된다.

일본인들은 비둘기를 성으로도 사용하지만 일상에서도 중국인이나 한국인들보다 '비둘기'라는 말을 더 많이 사용하는 것 같다. 그들은 신생아의 행복을 빌 때도, 사회의 안녕을 바랄 때도 비둘기를 생각한다. 어린아이들은 비둘기가 나오는 동요인 '하도뽀뽀はと

ぽっぽ'를 통해 말을 배우고 '하도사브르鳩サブレ'라는 과자를 먹는다. 집에 가면 비둘기시계鳩時計가 걸려있다.

하얀 비둘기

성경의 창세기에 나오는 '노아의 방주'라는 말을 들어본 적이 있을 것이다. 비둘기와 관련한 이야기를 소개한다.

노아Noah는 신으로부터 홍수에 관한 소식을 듣고 가족과 함께 방주를 만들어 여러 동물을 방주에 태웠다. 며칠 후 홍수가 나서 지구상의 모든 생물이 수몰되었다. 창세기편 홍수 이야기에 따르면 노아는 홍수가 물러갔을 거라고 생각하고 비둘기 한 마리를 보내어 소식을 알아보게 했다. 저녁에 비둘기가 돌아왔는데 입에 올리브 잎사귀 하나를 물고 있었다. 지상의 물이 다 빠진 것이 분명하여 노아의 가족과 방주 안의 동물들은 다시 육지로 올라왔다. 이때부터 사람들은 비둘기와 올리브를 한 세트로 묶어 평화의 상징으로 여기게 되었다.

또 성경의 〈마태복음〉과 〈누가복음〉에는 "예수가 세례자 요한에게 세례를 받는 동안 성령이 비둘기의 모습으로 나타났다."라고 하여 비둘기를 성령의 상징으로 보았다. 〈마태복음〉은 이어서 "보

라. 내가 너희를 보냄이 양을 이리떼 가운데로 보냄과 같도다. 그러므로 너희는 뱀같이 지혜롭고 비둘기처럼 순결하라.”라고 하여 비둘기에 순결의 이미지를 보탰다. 비둘기의 이미지에 순결이 추가되다 보니 흰 비둘기가 '도브dove'라는 이름으로 대접받게 되었다. 심지어 마술사들도 흰 비둘기로 마술을 하였다. 그 후 도브의 형용사인 '도비쉬dovish'는 '비둘기파'를 지칭하는 말로 통했다. 참고로 도비쉬의 상대어는 '매파'라는 의미의 '호키쉬hawkish'이다.

비둘기의 순결 이미지에 편승한 '도브' 비누는 전 세계 비누 중 브랜드 평판도 1위이다. 한국에는 비둘기를 의미하는 '피존pigeon'이라는 세제도 있다.

기독교가 서유럽으로 전파되면서 중동 출신인 예수의 피부도 하얗게 그려지고 비둘기도 흰 비둘기를 순결의 상징으로 보게 되었다. 그러다 보니 모든 기후대에 존재하는 비둘기 중 흰색이 아닌 300여 종은 모두 순결하지 않은 비둘기가 되고 말았다. 일종의 '백색 숭배'이다.

나는 쥐 | flying rat

조선 시대에 중국에서 수입한 비둘기는 애완조로 인기를 끌었다. 당시에는 비둘기장을 따로 만들어 비둘기를 키우기도 하고 자랑삼아 비둘기장을 들고 외출을 하는 사람도 있었다.

서양에서 순결의 상징으로, 동양에서는 애완조로 대접받던 비둘기가 현대도시에서는 '나는 쥐 flying rat'라는 별명으로 불리며 유해 조류로까지 분류되고 있다.

"어제 세차를 했는데 하필 비둘기가 차 앞 유리에 똥 세례를 퍼부어 좀처럼 닦여지지 않네."라는 불만처럼 도시로 이주한 비둘기가 천덕꾸러기가 된 것은 한국만의 이야기는 아니다. 다른 나라의 몇몇 도시에서는 산성이 강한 비둘기의 배설물이 도시의 건축물과 동상을 부식시키고, 병균을 옮겨 질병을 일으킨다며 대책을 마련해야 한다고 목청을 돋운다.

도시마다 '유해 조류'가 된 비둘기의 개체 수를 줄이기 위해 별의별 방법을 다 동원한다. 서울의 경우는 2009년부터 비둘기의 알을 수거하고, 뉴욕은 먹이를 주지 않거나 불임 모이를 주고, 파리에서는 비둘기 집을 크게 지어 비둘기가 낳은 알들을 흔들어 부화가 안 되도록 하는 방법까지 써가며 개체 수를 통제하려고 하고 있다.

먹이를 찾아 도심으로 나온 비둘기에게는 천적도 없는 데다 여기저기 먹을 것이 많아 번식 횟수가 1년에 6회까지도 늘었지만 도심에 살면서 몸이 둔해져 '로드킬 road kill'을 당하기도 한다. 원래 목욕을 좋아하는 비둘기였지만 마땅히 목욕할 물조차 없다 보니 악

취까지 풍겨 '순결의 상징'이라는 이미지조차 퇴색되고 있다.

비둘기가 천덕꾸러기가 되어가면서 점점 설 땅을 잃어가고 있지만 드물게 환영을 받는 곳도 있다. 탑골 공원이다. 이 공원에는 젊음을 과거로 보낸 어르신들이 나와 모여서 담소도 나누시고 함께 식사도 하신다. 어르신들은 드시고 남은 김밥의 밥알을 땅바닥에서 노는 비둘기에 던져 주시기도 한다. 어르신이 던져 주신 먹이를 먹고 난 비둘기는 머리를 끊임없이 끄덕이면서 다가와 조금 더 달라는 듯 어르신을 한 번 더 올려다본다. 연로하신 어르신들은 비둘기와의 작은 '주고받음'을 통해서 삶의 활력을 얻으신다.

비둘기를 평화의 상징이라고 칭송하고 전장에서 병사들의 목숨을 구했다며 고마워하고 훈장까지 주며 호들갑을 떨던 인간들이 이제는 비둘기에게 싫증을 내는 것이다. 무엇이 문제인가? 비둘기의 문제인가? 인간의 문제인가?

누구의 문제인지를 논하기에 앞서 지금부터라도 도심으로 나온 비둘기들이 상한 음식만큼은 먹지 않게 하고, 군데군데 분수도 만들어 놓아 지친 비둘기가 갈증을 느끼면 목도 축이고 정갈하게 목욕도 할 수 있게 해주는 것이 동료 생명체에 대한 품위 있는 배려가 아닐까?

닭

오리

꿩

PART 2

아낌없이 주는 새

닭

· 鷄 계 ·

　　지금도 서울에서 30분만 교외로 나가면 마당에서 닭을 키우는 집들이 있다.

　　지난봄 가평에 있는 한 민박집 마당에서 닭들이 노는 모습을 보니 동작 하나하나가 새삼 신기하기만 했다.

　　마당에서 노는 닭들을 보면서 잠시 과거로 가는 시간 여행을 할 수 있었다. 닭은 봄풀에 버무린 사료를 부리로 쪼아 먹기도 하고 목을 뒤로 젖혀 물을 한 모금씩 넘기기도 했다. 머리에 큰 벼슬이 있는 수컷은 같은 마당 한 켠에서 노는 강아지를 신경 쓰면서 목을 빼고, 처음 보는 사람에게도 경계의 눈빛을 보내고 있었다.

　　암컷은 여덟 마리나 되는 병아리를 챙기느라 부산하기만 했다. 병아리 여덟 마리 중에 어미로부터 떨어져 딴짓을 하는 병아리에게는 금방이라도 쪼아댈 듯 몰아세운다. 어미는 병아리 한 마리 한 마리가 순간순간 무엇을 하고 있는지 일일이 챙기는 듯하다.

　서울 인구가 500만을 밑돌던 1960년대 말, 시골 아이들은 열두어 살이 되면 집에서 닭 키우는 것을 배우기 시작했다. 지금은 조립식 닭장을 쉽게 주문할 수도 있지만 그때 어른들은 아이들을 데리고 마당 구석에 몇 개의 기둥을 세우고, 짚으로 지붕을 씌운 후 장에 나가 사 온 철사로 된 마름모형 망을 사방에 둘러 닭장을 만들었다.

　닭장 안에는 닭들이 놀 수 있도록 모래도 몇 삽을 퍼다 깔아주고, 구석에는 닭이 편안히 웅크리고 잘 수 있도록 짚더미도 깔아주었다. 닭장 안에는 어두운 공간도 널찍하게 마련해 주었다. 그 공간에는 닭이 쉬거나 낮잠도 잘 수 있도록 긴 막대기를 걸쳐 놓았다. 그 막대기를 '홰'라고 불렀다. 홰는 닭이 자다가 미끄러져 떨어지지 않도록 대나무보다는 표면이 거친 소나무를 주로 썼다. 산란하는 데 편하도록 짚으로 만든 둥지도 닭장 구석에 놓아주었다.

　홰는 닭을 천적으로부터 지켜주는 데 꼭 필요했다. 해가 지고 닭이 잠들기 시작하면 시골의 닭장 주변에는 밤이 오기를 기다리던 족제비와 사나운 삵이 들이닥쳐 닭들을 잡아먹곤 했다. 천적들을 경계하여 한쪽 뇌를 경각시키고 한쪽 눈을 뜨고 자는 다른 새들처럼 닭들도 두 눈을 완전히 감고 자지는 않지만 생고기를 먹어야 사는 사나운 천적들을 다 당해낼 수는 없었다.

심지어 전날 오후, 둥지에 있었던 달걀이 다음 날 아침이 되면 사라지기도 했다. 사라진 이유를 내내 궁금해하던 중, 어느 날 쥐 한 마리가 두 앞발로 달걀을 감싸고 두 뒷다리로는 캥거루처럼 껑충껑충 뛰면서 가는 것이 아닌가?

어떤 아이들은 구렁이가 달걀을 감싸고 조여 달걀은 먹고 빈 껍질만 남기고 천천히 빠져나간다는 이야기도 들려주었다. 쥐가 많으면 쥐를 먹으려는 구렁이도 있을 것이라는 짐작은 쉽게 할 수 있지만 구렁이까지 나서서 별미로 달걀을 섭취하는 판이니 닭장을 여간 짜임새 있게 짓지 않으면 안 되었다.

요즘이야 닭튀김이나 삼계탕을 쉽게 주문하거나 사서 먹을 수 있지만, 전에는 집에서 어렵게 기른 닭 중에 한 마리를 택일하여 잡아서 고아 먹었다.

달걀과 닭고기

한때 한국의 중학생들은 실업 과목으로 상업, 공업, 농업, 수산업 중에서 하나를 선택해야 했다. 농업을 선택한 학생들은 산란용 닭의 품종인 레그혼Leghorn과 미노르카Minorca라는 생소한 이름을 외위야 했고, 육계肉鷄인 브라마Brahma와 플리머스록Plymouth Rock이라는 품종명 아래에 밑줄을 쳐야 했다. 닭의 외국어 이름은 모두 그 닭의 유럽 원산지의 지명이었다.

그때는 대부분의 농가에서 산란용인 레그혼을 사육하였다. '레공'이라고 불리던 흰색의 레그혼은 흰 달걀을 낳았다. 시간이 지나면서 소비자들은 흰색 달걀보다는 연갈색 달걀에 영양분이 많다는 속설에 따라 연갈색 달걀을 선호하기 시작하였다. 그 후에도 한국에서는 계속 연갈색 달걀을 선호했지만 일본에서는 아직도 흰색 달걀을 선호한다.

조류 중 고기나 알을 얻기 위해 길들이고 품종개량을 한 조류를 가금류家禽類라고 한다. 가금류로는 닭, 오리, 거위, 칠면조와 메추리를 꼽을 수 있다. 일반적으로 포유류의 고기는 적색육赤色肉, 가금류의 고기는 백색육白色肉이라고 한다. 쇠고기나 돼지고기는 종교적으로 금지되는 경우도 있는데 가금류에는 그런 제한이 없다. 가금류 가운데 닭은 세계적으로 매년 600억 마리가 도축되어 그 수가 가장 많다. 참고로 2위는 26억 마리인 오리다.✒

인류는 닭고기 덕분에 만성적인 단백질 부족에서 벗어나게 되었다. 또 인류가 식인 풍습에서 벗어나게 된 것도 비로소 닭고기를

✒ 2018 Global Animal Slaughter Statistics And Charts

먹기 시작한 후라고 말하는 학자들도 있다.

동천홍東天紅

유럽의 가톨릭 국가인 프랑스나 포르투갈에 가면 성당의 십자 가나 동네의 탑 위에는 닭 장식으로 된 풍향계가 세워져 있다. 서 울 서초구의 한 성당 종각 위에도 닭 장식이 있다.

신교든 구교든 종교적으로 가까운 새는 비둘기인데 왜 닭을 세 울까?

한 신부님이 설명을 해주셨다. "닭은 신에게서 오는 은총의 상 징입니다. 밤에 이어 아침이 오는 것을 알리기 때문입니다. 게다가 닭은 회개를 상징합니다. 베드로의 회개이지요. 예수님께서 대사 제의 관저로 끌려가셨을 때, 예수님의 예언대로 베드로는 세 번 배 신하고 닭이 울자 참회하고 회개하였지요."

동서양을 막론하고 옛날이야기에는 '닭이 울면' 귀신 은 떠난다. 해가 뜰 때 닭이 우는 것을 '닭이 울면 해가 뜬 다'는 식으로 해석하여 닭의 울음소리가 어둠을 물리치는 것으로 여겼기 때문이다. 사실 닭의 뇌에는 '송과체 松果 體'라는 기관이 있어 닭의 생체 리듬을 조절한다. 송과체가 빛을 감지하면 예민해진 닭은 울기 시작한다. 민주화를 외치던 정치인 김영삼은 "닭의 목을 비틀어도 새벽은 온다."라는 속담을 자주 사용하였다. 새벽은 닭 울음소리로 오는 것은 아니지만 닭은 새벽이 되면 꼭 운다.

한漢나라 때 한영韓嬰은 '계유오덕鷄有五德'이라 하여 닭에게는 다섯 가지 덕이 있다고 하면서 닭 울음소리에 대하여 언급하였다. 계유오덕의 다섯 가지 덕은 닭은 머리에 벼슬을 쓰고 있으니 문文이요, 발에는 예리한 갈퀴가 있으니 무武, 적에게 과감히 맞서니 용勇, 또 먹을 것을 나누어 먹을 줄 아니 인仁이고, 밤을 지새우고 빠짐없이 울어서 아침을 알리니 신信이라고 한 것을 말한다.

한·중·일 삼국은 모두 닭 울음소리를 새벽과 연결하여 생각하였다. 한국의 서해안 지방 노인들은 중국 산동반도 청도의 아침 닭 울음소리를 듣고 일어났다고 하면서 숨을 힘껏 들이켜 가래를 끌어 올린 후 마당 저만치에 뱉으며 아직도 자신의 건강이 멀쩡함을 과시했다. 그들은 자신들의 가래 뱉는 소리가 청도 노인들이 귀만 먹지 않으면 다 들었을 거라며 농을 하곤 했다.

한국의 노인들은 아침에 닭이 큰 목청으로 긴 울음소리를 내면 마을에 좋은 일이 있을 징조라고 생각했다. 반면 닭이 새벽에 울지 않고 뜬금없이 한밤중에 울면 저승사자가 이번에는 누구를 데려갈지 몰라 불안해 했다. 그리고는 한밤중에 운 닭을 찾아내 '재수

없는 놈'이라면서 잡아서 고아 먹고 나서 긴 트림과 함께 '시원하
다'라는 말을 여러 번 되풀이했다.

해가 떠서 동쪽 하늘이 붉어질 때까지 우는 닭이 있다. 일본이
원산지인 '동천홍東天紅'이다. 관상용 닭인 동천홍은 꼬리가 길고 울
음소리도 길다. 동천홍은 이름처럼 동쪽 하늘이 붉어질 때까지 울
지는 않지만 길게는 10초 가까이 운다. '동쪽 하늘을 밝힌다'는 동
천홍이라는 말 자체가 상서로워서인지 서울 시내에는 한자로 쓴
동천홍이라는 음식점 상호가 가끔 보인다.

코 코 뱅Coq au vin

수탉은 프랑스의 국조國鳥이다. 프랑스 국가 대표 축구팀의 마
스코트도 수탉이고, 프랑스의 스포츠 브랜드인 '르 꼬끄 스포르티
프le coq sportiff'의 심볼 역시 수탉이다. 프랑스인의 뿌리가 되는 갈리
아족은 화폐에 닭을 넣었고, 군대의 상징으로 삼기도 했다. 지금도
대통령 관저인 엘리제 궁의 철책에는 닭 문양이 들어가 있다.

닭이 프랑스를 떠나 영어권으로 가면 이야기는 달라진다. 치킨
chicken은 겁쟁이가 되고, 담력을 겨루는 치킨 게임chicken game에서는
먼저 나가떨어지는 쪽이 치킨이 된다. 그리고 '칙chick'은 병아리를
말하는 것으로 '애송이'를 가리킨다.

프랑스에서 닭이 식용으로 일상화된 것은 부르봉 왕조의 시조인 앙리 4세 때부터이다. 앙리 4세는 신·구교도 사이의 위그노 종교 전쟁이 끝난 후 '일요일에는 모든 백성이 닭고기를 먹을 수 있도록 해주겠다'는 민심 수습용 공약을 하였다. 이런 정치적 배경 하에서 백성들은 '코코뱅coq au vin'이라는 닭요리를 자주 먹게 되었다.

'와인 속의 닭'이라는 의미의 코코뱅은 닭 한 마리를 레드와인 한 병과 냄비에 넣고 양념을 쳐 졸이면 '닭 와인탕'이 되는데 닭의 퍽퍽한 흰 살은 부드러워지고 진분홍색이 되어 식감을 돋운다. 코코뱅은 삼계탕과 달리 국물은 거의 없다.

프랑스에서는 방목한 닭을 '쁠랜에어plein air'라고 하는데, 쁠랜에어는 우리가 흔히 말하는 '촌닭'이다. 프랑스 시골 사람들은 쁠랜에어로 만든 코코뱅을 먹으며 밤하늘의 별을 보고 옛사랑을 떠올리는 것을 낭만적 호사로 생각한다.

닭의 비상 飛翔

새나 비행기는 '수직으로 뜨는 힘'인 양력揚力과 '앞으로 가게 하는 힘'인 추력推力을 모두 받아야 날 수 있다.

새 중에 날지 못하는 종류는 수직으로 뜨는 힘인 양력을 받지 못하기 때문이다. 날지 못하는 타조, 펭귄, 키위, 에뮤는 양력을 받지 못해 걷거나 뛸 수밖에 없다. 나는 새의 뼈는 비어 있지만 걷는 새의 뼈는 단단하다. 그중에서도 펭귄의 골밀도가 가장 높다. 그 이유는 펭귄이 날지는 못하지만 잠수까지 해야 하기 때문에 다른 새들보다 훨씬 단단한 뼈가 필요하기 때문이다.

'나느냐, 못 나느냐'의 기준으로 본다면 닭은 타조나 펭귄처럼 전혀 날지 못하는 것은 아니다. 인간이 닭을 키우게 된 것은 닭이 다른 새들보다 멀리 날지 못했기 때문이었다.

잘 날지 못하는 닭이 어쩌다 지붕 위로 솟구쳐 올라갈 때도 있다. 급하면 닭도 난다는 사실은 '닭 쫓던 개 지붕 쳐다본다'는 한국 속담을 보아도 잘 알 수 있다. 닭이 날 수 있는 것은 가금家禽이 되기 전에 있었던 옛날 습성이 느닷없이 튀어나오기 때문이다.

새들은 천적이 없고 날아다닐 필요가 없으면 굳이 힘들게 날지 않는다. 인도양의 모리셔스의 도도새Dodo는 천적이 없어 날지 않다가 결국 날지 못하는 새가 되고 말았다. 비행 능력을 상실한 도도새는 섬에 상륙한 포르투갈 선원들에게 사냥감이 되어 결국 멸종되고 말았다.

평균 수명이 짧았던 옛날 노인들은 가끔 '닭이 하늘을 비상하려고 한다'라는 표현을 쓰시곤 했다. 한마디로 쉽지 않은 일을 무리해서 한다는 뜻이다. 예를 들어, 60세가 넘어 외국어를 배우려는 사람을 가리켜 '닭이 하늘을 비상하려고 한다'는 식이다. 하지만 78세에 러시아어를 익히러 현지에 간 서정주 선생도 계시고, 90세에 영어 공부를 시작한 동네 할머니도 계신다.

날 수 있는 새가 하늘을 비상하는 것은 도전이 아니다. 닭처럼 날기 어려운 새가 하늘을 날려고 할 때 비로소 도전이 된다.

귀곡천계 貴鵠賤鷄

닭은 조류로서는 유일하게 12지간에서 10번째로 등장하며 '유 酉'로 표시된다. 유시酉時는 오후 5~7시를 가리킨다.

닭은 인간과 늘 가까이 지내면서도 한 번도 제대로 대접을 받지 못했다. 사람들이 희소성이 있는 고니는 귀하게 여기고, 흔한 닭은 천하게 대한다는 뜻으로 사용되는 '귀곡천계貴鵠賤鷄'라는 표현까지 있을 정도다.

닭은 고니와 비교되어 천賤해지기도 하고, 학鶴을 띄우기 위해 엑스트라가 되기도 한다. 닭의 무리 중에 한 마리의 학이라는 뜻의 '군계일학群鷄一鶴'이라는 표현을 보면 바로 알 수 있다.

하지만 닭고기를 맛으로 치자면 이야기는 조금 달라진다. 옛날 부터 중국인들은 잔치에 네 종류의 고기인 '계압어육鷄鴨魚肉'이 모 두 나왔는지를 따졌다. 네 가지 고기 중에는 닭이 가장 먼저 나온다. 맛에 관한 한 닭고기가 다른 고기들보다 앞자리를 차지한다고 보았기 때문이다.

닭고기의 맛이 좋다 보니 닭 사육이 늘고, 양계 기술도 갈수록 자동화, 기계화되어가고 있다. 오늘날 양계장에서 식용으로 키우는 닭은 구이용이라는 의미로 '브로일러 닭'이라고 부른다. 이들 브로일러 닭을 살펴보면 털이 빠져 있고 피부까지 드러나 있다. 계란을 얻는 산란용 닭은 병아리 때 감별을 하여 암수 20:1의 비율에 따라 암컷만 취하고 불필요한 수컷은 그라인더에 던져진다. 그때 수탉은 수컷으로 태어난 운명의 비애를 사무치게 느낄 것이다.

귀곡천계는 인간사에도 자주 적용된다. "그 집 아이들은 다 잘하고 있는데 너희들은 왜 그 모양이냐?"라는 아버지의 꾸중에 "자기 자식 귀한지 모른다."는 아이들의 비아냥이나 "자기 마누라 귀한지 모른다."라는 부인의 불평도 마찬가지다. 회사에서 상관이 이웃 부서의 학벌 좋은 직원을 예뻐하는 모습을 우두커니 서서 보아야 하는 성실한 직원은 이내 서운해질 것이다. "학벌보다 성실하게 일하는 것이 훨씬 중요한데…" 모두 '귀곡천계'의 사례들이다.

자기가 속했던 동네, 학교, 조직에서 고니가 아닌 닭으로 취급받더라도 너무 서운하게 생각하지는 말자! 예수도 베들레헴에서는 제대로 대접받지 못했다고 하지 않던가?

닭의 수명

어릴 적 동네에서 수십 마리의 닭을 키우는 아저씨에게 닭은 몇 살까지 사는지 물었다. 아저씨는 이렇게 답했다. "한 살! 그 이상은 쩔겨!" 닭이 5년에서 10년 가까운 천수를 다 누릴 수는 없지만 고기의 질로 수명이 1년으로 결정된다는 사실은 지금까지 마음 속에 작은 아픔으로 남아 있다.

우리는 통닭 한 마리, 삼계탕 한 그릇을 먹기 위해 동료 생명체를 해하고 있다. 인간이 집단 사육으로 '제조'되어 잠깐 살다가 죽는 닭들에게 의리와 정리를 느끼기는 어렵겠지만 적어도 생명에 대한 기초적인 연민은 있어야 한다. 그것은 인간의 동료 생명체에 대한 도리이기 때문이다.

어쩌면 우리는 '닭이나 다른 동물들을 꼭 살육해야 하는가?'에 대한 질문도 꾸준히 해보아야 한다. 식물성 단백질이 동물성 단백질을 대체할 수 있는지도 생각해 보아야 한다. 우문愚問이라도 계속하다 보면 현답賢答이 나올 수 있기 때문이다.

이런 내용의 이야기를 무심한 표정으로 듣던 벗 세용世龍은 돌연 이런 제의를 했다. "그럼 오늘은 치맥으로 하지 마시고 닭꼬리주 한 잔 어때요?"

"닭꼬리주?"

"계미주鷄尾酒 말입니다. 칵테일cocktail이요. 칵테일!"

오리

· 鴨 압 ·

　　스위스와 프랑스 사이에 있는 레만호^{湖}는 언제
어느 각도에서 보아도 산과 물의 조화를 이루는 멋진 풍경화를 선
사한다. 이 풍경화에 한껏 생동감을 불어 넣어주는 것은 이 호수에
사는 백조와 오리들이다.

　　호수 위에 떠 있는 오리와 백조들을 멀리서 보다가 가까이 가
서 보면 그들의 사는 모습을 더 잘 알게 된다. 백조는 사람에게 먹
이를 얻기 위해 두어 마리가 함께 접근하기도 하지만, 오리는 자기
가족들끼리만 몰려다닌다.

　　오리 가족의 움직임을 닭과 비교해 보면, 닭 병아리들은 어미 닭
을 가운데 두고 비교적 자유롭게 지내지만, 오리 새끼들은 어미에
게 꼼짝도 못 한다. 새끼들은 어미 뒤에서 걸어야 하고 수영도 어

미 뒤에서 해야 한다. 만약 이것을 어기고 어미를 앞서거나 다른 형제들보다 뒤처져 산만한 짓을 하면 어미는 새끼들을 공터로 몰고 가 일렬횡대로 세워놓고 나무란다. 새끼 전체에게 주의를 주기도 하고 말을 안 들었던 새끼에게는 목을 쭉 빼 지적을 한 후 '꽥꽥' 소리를 내면서 분을 푼다. 다른 새끼들은 곧 주눅이 들어 고개를 떨군다.

오리 가족은 왜 이렇게 규율이 엄격할까? 오리의 성질이 다른 조류들보다 칼칼해서일까? 그리고 오리는 왜 그리 자주 이동을 하는 것일까?

어느 늦가을 햇살이 레만호 호수 면에 눈부시게 반사되던 오후, 오리 가족이 이동하는 길을 거리를 두고 따라가 보았다. 가족은 어미를 포함해 모두 열한 마리였다. 그들은 어미의 인솔하에 잔디밭과 산책로를 가로질러 시야가 트인 모래톱에 도착하더니 잠시 휴식을 취한 후 어미와 함께 수영을 했다. 모든 것이 평온하고 순탄하게 보였다.

며칠 후 그 오리 가족을 다시 보게 되었다. 지난 번에 보았을 때보다 가족들이 왠지 풀이 죽고 축 처져 보였다. 자세히 보니 가족 수가 줄어 있었다. 모두 열 한마리이어야 하는데 여덟 마리밖에 없었다. 그럼 왜 세 마리는 어미를 따라오지 않았을까? 설마 죽은 건 아닐까? 일단 불길한 상상은 접어 두었다.

그로부터 사흘 후 다시 만난 오리 가족은 어미까지 모두 여섯 마리뿐이었다. 호수 위에 지는 석양을 뒤로 하고 숲을 가로질러 걸어갈 무렵, 나무 그루터기로부터 뭔가 싸~한 느낌이 흘러나왔다. 새끼를 밴 고양이의 눈빛이었다. 인기척을 느낀 고양이는 잠시 후 어슬렁거리며 숲 쪽으로 천천히 이동하였다. 고양이가 사라진 후 고양이가 지나간 길을 훑어보았다. 오리털이 떨어져 있었다.

어미 오리는 천적인 고양이를 늘 의식하고 살았을 것이다. 고양이가 없는 곳을 찾아다녔을 것이고, 새끼들 걱정에 어느 한순간도 편히 잠잘 수 없었을 것이다.

새 중의 으뜸, 오리鴨

세상의 오리 140여 종은 모두 걷기도, 날기도 하며, 수영도 한다. 이렇게 육해공을 커버하는 오리에게는 다른 새들에게 없는 '물갈퀴web'가 있다. 짐작대로 '웹서치web search'의 web도 오리의 물갈퀴에서 나온 말이다.

오리는 물갈퀴 덕분에 물 위로 뜰 수도 있다. 오리가 '(물 위로) 오른다'는 사실 즉, 물에 뜬다는 사실 때문에 '오리'라는 이름으로 불리게 되었다. 조선 세종 때 오리의 표기는 '올히'였다. 일본어로 오리는 '가모ヵモ'라고 하는데 강물을 어원으로 하였다.

한·중·일 삼국 중 중국인들의 오리 사랑은 유별나다. 우선 오리에게 '으뜸'이라는 의미의 '갑甲' 자를 '조鳥' 자 앞에 붙여 '압鴨'이라는 이름을 부여했다. 오리구이인 카오야烤鴨는 원래 남경南京 요리였지만, 수도 북경北京을 카오야 앞에 붙여 '베이징카오야北京烤鴨'로 부르도록 하였다. 그 후 "베이징카오야를 먹어보지 못하면 평생의 한이 된다不吃烤鴨真遺憾."라는 말까지 만들어 '베이징카오야'라는 이름을 정착시켰다.

늘 오리를 가까이 생각하는 중국인들은 달걀보다 동그란 오리알을 '0零'으로 묘사하여 "나 빵점 맞았어吃了鴨蛋了."라는 애교 있는 표현을 쓰기도 한다.

오리 요리와 관련하여 '오리가 파를 짊어지고 나타난다鴨が葱を背

負って来る.'라는 일본 속담이 있다. 오리구이는 파와 함께 먹는다는 사실에 착안하여 만든 표현으로 오리가 파까지 짊어지고 나타나니 더 이상 좋을 수 없다는 뜻이다. 아마 한국어의 '호박이 넝쿨째 굴러왔다'나 중국어의 '금상첨화錦上添花'에 비견될 수 있는 표현이다.

주체 농법

과거 공산주의 국가에서는 오리를 많이 키웠다. 동구권 국가나 베트남, 북한에서도 역시 오리를 많이 키웠다. 그들은 소련 시절부터 콤비나트kombinat에서 오리를 많이 키웠던 영향으로 '오리 농법'을 주체 농법이라고 선전해 왔다.

몇 년 전 북한 TV는 오리 농법을 자세히 소개하였다. 오리 농법은 오리가 논에서 열을 지어 수영하면서 해충과 잡초를 뜯어 먹기 때문에 농약을 쓸 필요가 없어서 좋고, 논에 배설까지 하니 오리가 배설한 오리 똥은 비료가 되고, 물갈퀴로는 논바닥을 저어 논에 산소까지 공급하는 친환경 농업이라는 내용이었다.

오리 농법을 소개하는 방송원은 평소의 격앙된 어조가 아닌 부드러운 톤으로 내용을 차근차근 설명하였다.

특히 베트남에서는 어디를 가나 오리가 많다. 베트남에 오리가 많은 이유는 오리가 더위를 식힐 수 있는 작은 물웅덩이들이 많기 때문이다. 이런 물웅덩이들은 베트남 전쟁 때 생긴 것들로 폭격을 많이 받았던 북부 베트남에 많이 있다.

이들 과거 공산주의 국가들은 조류 독감의 영향으로 오리 사육이 한풀 꺾인 적도 있었지만 여전히 오리를 많이 키운다. 최근에는 생산한 오리털을 방한용 패딩padding 재료로 수출도 한다. 오리의 깃털 중에서 부드러운 솜털인 '덕 다운duck down'은 생각보다 좋은 값을 받는다. 오리 깃털에는 기름이 많아 털이 물에 젖지 않기 때문이다.

옛날부터 중국인들은 오리털을 '야마오鴨毛'라고 부르며 높이 쳐주었다. 반면, 닭 털은 마늘 껍질 수준으로 무시했다. 그런 연유로 나온 말이 '계모산피鷄毛蒜皮'이다. 중국인들은 일상 대화에서도 시시하거나 사소한 일을 가리킬 때는 '계모산피'라는 말을 쓴다.

압록鴨綠의 의미

오랜 세월 한국인들은 마을 입구에 장승과 오리 모양의 솟대를 세워 액운과 질병을 피할 수 있도록 간절히 빌어왔다. 오리 솟대는 바이칼 호수에서 한반도로 이어지는 동북아시아 샤머니즘의 산물이다.

역병과 재앙이 있는 곳에 신앙이 뿌리를 내리듯, 시들해진 미신이나 샤머니즘도 되살아난다. 그때 인간은 솟대 위의 오리에게 자신들의 소망이 하늘에 닿게 해달라고 간절히 기원한다.

얼마 전 섬진강 변 마을 입구에 솟대가 세워진 것을 보았다. 솟대 위의 오리는 바라보는 방향이 다 달랐다. 액운과 질병이 어느 방향에서 올지 모르기 때문일 것이다.

솟대가 있는 마을 근처 압록리鴨綠里에 있는 오리 농장에 병원균이 발견되어 닭과 오리가 살처분될지 모른다는 이야기를 듣게 되었다. 김제의 한 오리 농가 아주머니는 자신이 키우던 오리를 살처분해야 한다는 말에 "어찐디야, 어찐디야."를 되뇌이며 망연자실해 하시던 모습이 떠올랐다.

심란한 마음에 섬진강 주변 소식에 밝은 재석에게 전화를 했다. 오리가 걱정된다는 말에 재석의 답은 의외였다.

"압록리 오리들은 마을에 병원균이 들어와도 끄떡 없습니다. 이 일대에서 나는 매실을 먹기 때문입니다. 매실이 오리를 살린다고 합니다. 일본 학자도 매실 성분▰이 바이러스 감염을 막는다는 연구 결과를 내놓았습니다."

'매실이 오리를 살린다'는 말을 한자로 떠올려 보았다. 오리鴨에

▰ 일본 추부(中部)대학의 스즈키 야스오(鈴木康夫) 교수는 2012년 매실즙 농축액에 들어 있는 무메후랄(mumefural)이라는 성분이 인플루엔자 바이러스를 억제하는 효과가 있다고 발표하였다.

게 녹綠색인 매실을 주는 것이다. 원래 '압록鴨綠'은 초록빛이 돈는 청둥오리의 목덜미 색을 의미하는 말로 이 마을 앞을 흐르는 강물 색이 오리 목덜미 색과 같다고 하여 마을 이름을 '압록'으로 지었다고 한다.

압록이 들어가는 대표적인 한국의 지명은 한국과 중국의 국경을 이루는 압록강鴨綠江이다. 압록강은 중국에서도 '鴨綠江'이라고 쓰고 '야루장'이라고 읽는다.

'능제 방죽'의 청둥오리

금만 평야에 넉넉한 물을 대는 호수인 '능제菱堤'를 그 동네 사람들은 '능지 방죽'이라고 불렀다. '능제'는 가장자리가 구불구불한 곡선으로 되어 있어 귀퉁이가 99개나 되었다. 사람들은 능제의 귀퉁이가 100개가 될 때 나라에 경사가 난다는 말을 믿었고 '능지 방죽'에는 무언가 신비로운 힘이 있다고 굳게 믿고 있었다.

능제의 한 귀퉁이에서는 현대 한국의 최고 학승인 '탄허呑虛'가, 능제에서 조금 떨어진 마을에서는 신통 묘술을 행한 진묵대사震默大師✐가 태어났다. 극진 가라테의 최배달과 유도 10단의 장경순도

✐ 조선 시대 승려(1562~1633)로 전북 김제 만경 출생. 기행 이적을 많이 행한 것으로 알려져 있다. '곡차(穀茶)'라는 말도 술을 잘 마셨던 진묵대사로부터 유래한다.

능제 주변에 태를 묻었다. 동네 사람들은 '능지 방죽'이라는 말에서 뭔가 크고 넓은 느낌을 받는 듯했다. 심지어 면서기들도 '능제호'라고 쓰고 '능지 방죽'이라고 읽었다.

큰 호수 안에는 으레 섬이 있듯, 능제 안에도 세 개의 섬이 있다. 이 섬들은 오리들의 낙원이 되어 왔다. 이 섬들의 오리는 시베리아에서 날아와 둥지를 틀고 알을 낳고 부화를 시켜 새끼들을 키운 후 다시 시베리아로 돌아간다.

자연계에는 언제나 그렇듯 낙원과 지옥이 공존한다. 평화롭게 보이는 이 섬에서 벌어지는 일도 마찬가지였다. 섬에 머무는 새들이 낳은 알과 새끼들을 노리는 자가 있었으니 다름 아닌 뱀들이었다. 뱀들이 어떻게 호수 복판에 있는 섬까지 들어갔는지가 궁금할 뿐이다. 언젠가 능제 주변에 사는 한 아주머니는 이런 증언을 한 적이 있었다. "내가 어릴 때 보았는디, 비얌 한 마리가 몸뗑이를 꼬부렸다 쭉쭉 피면서 저 섬 쪽으로 가드만…"

아직도 작명조차 안 된 세 섬은 알게 모르게 찾아오는 조류와 파충류의 '세렝게티'가 되었다.

아낙들은 능제에서 빨래를 하고, 사내들은 능제의 물을 끌어다 농사도 짓고, 어쩌다 시간이 나면 낚시를 하고 투망도 던져 붕어와 단치¹를 잡아 얼큰한 탕을 만들어 막걸리 한 사발을 들이키며 나누어 먹었다. 어쩌다 살집이 좋은 메기나 장어를 잡으면 얼굴에 마른버짐이 퍼진 어린것들에게 고아 먹였다.

능제 주변 동네 사람들은 "스무 근짜리 잉어를 잡았다."라는 이
야기에서부터 "달이 뜨는 밤이면 과수댁의 죽은 서방이 산 각시에
게 퉁수(통소의 방언)를 불어준다."라는 말을 지어내기도 하였다.

능제는 사시사철 물을 담고, 가지가지 사연도 품었지만 언제나
그 자리에 있었다. 여름 해도 겨울 해도 능제를 끼고 뜨고 졌다. 달
도 능제 수면 위에 밤새 머물다 갔다. 해가 뜨건 달이 뜨건 능제는
언제나 고요할 뿐이었다.

그 시절 능제에 겨울이 찾아오면 독한 추위는 능제를 꽁꽁 얼게
만들었다. 만경에 장이 서는 날이면 솔가지✒✒를 파는 사람들은 솔
가지를 새끼로 묶어 꽁꽁 언 능제 위로 끌고 가 장에 내다 팔았다.
얼어붙은 능제에도 얼지 않는 곳이 있었다. 동네 사람들은 그곳을
능제가 숨 쉬는 '배꼽'이라고 불렀다. 그 배꼽에는 청둥오리들이 날
아와 유유히 수영을 즐겼다.

동네 사람들은 오리들이 어떻게 추위를 견디는지 궁금해 했다.
"안 추운가? 몸뚱이에는 털이 있으니 그렇다 치고… 발이 공장이
✒✒✒시릴 챔인디…" 그들은 오리가 어디서 날아오는지도 궁금해

✒　　능제 방죽에서 사는 피라미의 일종
✒✒　　소나무 가지의 사투리, 땔감으로 사용하였다.
✒✒✒　'굉장히'의 방언

하면서 나름대로의 짐작을 말하기도 했다. "쏘런서 올 거여. 쏘런이 너무 추워서 일로 왔겠지…"

오리가 찬물 속에서 추위를 견디고 수영할 수 있는 것은 오리발에 있는 정맥이 동맥을 감싸고 있는 혈관 구조 때문이다. 오리의 심장에서 흘러나오는 따뜻한 동맥의 피는 정맥을 통해 심장으로 들어가는 차가운 피를 덥혀주는 역할을 한다. 한마디로 동맥과 정맥 간의 열 교환 덕분이다.

동네 사람들의 짐작대로 오리의 고향은 시베리아였다. 오리는 물이 많은 시베리아 바이칼호에서 몽골과 중국의 동북 3성을 거치는 3,000km를 시속 80km로 날아온다. 낱알 먹는 것을 좋아하는 오리가 농작물에 피해를 주기도 했지만 동네 사람들은 개의치 않았다. 드넓은 금만 평야는 시베리아에서 온 오리에게는 언제나 후했다.

세월이 흐르고 난 요즈음 능제에는 겨울이 와도 꽁꽁 언 얼음도, 시베리아에서 날아오는 오리도 더 이상 볼 수 없다고 한다.

이제는 적지 않은 수의 오리들이 먹이가 풍부한 능제에 눌러앉아 살고 있다. 시베리아에 주소를 둔 오리들도 시베리아가 따뜻해지는 통에 굳이 다른 곳으로 월동을 하러 가지 않는다. 오리의 삶이 글로벌에서 로컬로 바뀐 것이다.

지금은 텃새가 되어가고 있는 시베리아 오리에게 한국의 여름

더위는 혹독하고 겨울철 조류 독감 역시 고통이다. 인간이나 오리
에게나 새로운 주거지는 한동안 편하지 않다.

꿩

· 雉치 ·

직장 생활을 하면서 가끔 생존과 자존의 기로에서 갈등을 느낄 때면 혼자 선정릉 숲길을 걸으며 내일의 삶을 위한 냉冷과 정靜을 회복하였다.

서울 강남에 있는 선정릉은 영원한 정靜의 상태로 들어간 조선의 왕들이 자리 잡고 누워 있는 도심 공원으로 심신이 고단한 직장인들에게 쉼터 역할을 해왔다.

오랜만에 선정릉을 다시 찾은 것은 제법 센 바람에 활엽수에 매달린 몇 조각의 잎사귀들이 떨어지던 2020년 겨울날 오후였다. 공원 오솔길 어디선가 '후드득' 소리가 나는가 싶더니 장끼 한 마리가 바람 소리조차 뚫을 듯한 '꿔꺼겅' 하는 째지는 단발 울음소리를 내며 지면을 스치는 듯 일一자 비행을 했다.

돌이켜 보면 꿩은 인간들에게 늘 쫓기며 살아왔다. 보라매, 사냥개, 포수, 몰이꾼들에게 쫓기고, 독극물이 들어 있는 콩까지 삼키는 가련하고 비참한 삶을 살아왔다. 그런 꿩들은 인간을 보면 외면하고 황급히 피해 버린다. 인간을 가까이하고 싶은 마음은 털끝만큼도 없을 것이다.

하지만 선정릉에 사는 꿩들은 보라매나 포수, 몰이꾼도 없다는 사실을 알게 되었는지 마음 놓고 화살 같이 빠른 비행을 한다. 꿩의 거침없는 비행은 짧은 순간이지만 '생生'과 '활活' 즉, 살아있음의 의미를 강렬하게 느끼게 한다.

선정릉의 새들

지난 겨울 꿩이 나는 모습을 본 후 선정릉을 다시 찾은 것은 수개월이 지난 늦여름이었다. 도심 사람들에게 계절에 따라 다른 모습을 보여주는 선정릉에는 높은 키의 활엽수들이 자리를 잡고 그 활엽수에 사는 풍뎅이들이 여기저기 기어 다니고, 작은 나무 사이에는 벌들이 웅웅거리는가 하면 잘 익은 감과 은행도 매달려 있었다. 좀작살나무에는 구슬 아이스크림 같은 작은 열매들이 하얀색에서 보라색으로 변하는 모습을 보여주기도 한다.

지난 겨울 선정릉에서 보았던 꿩에 대한 호기심은 이내 공원 관리사무소를 찾아가게 하였다. 관리사무소에는 공원 내 조류를 관리하는 분이 따로 있었다.

먼저 선정릉에 있는 꿩들을 공원 측에서 풀어놓았는지부터 물었다.

"아닙니다. 오래 전부터 여기에 살던 꿩들인데 한 쌍씩 영역을 나누어 세 쌍이 살고 있었습니다. 그런데 아쉽게도 엊그제 한 마리가 죽었지요. 최근에는 까투리가 새끼 다섯 마리를 데리고 다니는 것을 보았어요."

이어서 선정릉에는 주로 어떤 새들이 살고 있는지 질문했다.

"선정릉에는 생각보다 많은 종류의 새들이 삽니다. 꿩 외에도 까치가 40마리, 까마귀 10마리, 멧비둘기가 20마리, 콩새 100마리, 직박구리 20마리, 어치 서너 마리, 그리고 동박새도 있어요. 아 참, 희귀조인 파랑새가 다친 상태로 발견된 적도 있었고요."

따로 데려와 방사하는 새는 없는지 물었다.

"'새는 날개를 빌리지 않는다'는 말이 있어요. 새들은 모두 자기 날개로 스스로 날아와 삽니다."

구조한 파랑새와 죽은 꿩 한 마리에 대한 이야기를 자세히 해달라고 부탁했다.

"먼저 파랑새를 구조한 이야기부터 해드릴게요. 그 파랑새는 길을 잃고 선정릉에 들어왔던 것 같아요. 처음 보았을 때 마치 '히잡으로 얼굴을 가린 여인' 같은 느낌이 들었어요… 몸은 푸른빛이 도는 털로 감싸져 있었고, 날갯죽지 안은 하얀색 털이 돋아 있었거든요.

죽은 꿩 이야기도 해드릴게요. 선정릉에 있는 새들의 첫 번째 천적은 고양이입니다. 고양이는 꿩에게도 천적입니다. 누군가 키우다 유기한 고양이가 울타리 밑으로 기어들어 온 거지요. 저희 직원 중에 고양이가 꿩을 물고 있는 장면을 목격하신 분이 있었거든요. 반려동물을 키우다 싫증이 난다고 유기를 하는 분들이 더러 있어요. 심지어 키우던 비단뱀을 선정릉에 두고 간 분도 있었습니다. 그때는 겨울이 가까워질 때라 비단뱀이 얼마 안 가 죽었을 것으로 짐작했습니다만…"

까투리가 새끼 다섯 마리를 데리고 다니던 것을 본 이야기도 부탁했다.

"공원이 쉬는 날이었는데 까투리가 새끼들을 데리고 다니길래 새끼들이 귀여워 가까이 다가가니 새끼들이 '위험하다'고 느낀 까투리가 새끼들을 보호하기 위해 자신은 새끼들과 반대 방향으로 가면서 저를 자신이 가는 방향으로 따라오도록 유도하는 거예요. '까투리의 체면'을 생각해 까투리를 따라 걸었지요. 그랬더니 만족한 까투리가 '씩 웃는 것' 같았어요."

어떻게 까투리가 웃는다고 생각했는지 물었다.

"글쎄… 까투리의 걸음걸이가 경쾌해지는 것을 보고 알았어요."

선정릉에 살고 있는 새들의 이야기를 들은 후 혹시 선정릉에 잠들어 있는 두 분 왕들의 동물과 관련된 에피소드도 있는지 물었다.

"성종은 동물들을 다 좋아했지요. 유구국琉球國, 지금의 오키나와에서 받은 원숭이를 아끼고, 낙타에도 관심을 보였다고 해요. 성종은 기르던 사슴을 세자가 발로 찼다는 말에 세자를 크게 나무랐답니다. 그 후 세자는 왕위에 오르자 부왕이 아끼던 사슴을 활로 쏘았습니다. 그 세자는 다름 아닌 조선 10대 임금 연산군입니다."

화살처럼 나는 꿩

누군가 일찍이 화살처럼 일직선으로 나는 꿩을 '치雉'로 작명하였다. 화살 시矢 자를 새를 의미하는 추隹 자에 붙여 작명한 것이다. 놀라운 관찰력이다. 꿩이 일직선 비행을 할 수 있는 것은 꼬리에 있는 18개의 깃털 중 가운데에 있는 긴 두 개가 비행 궤도의 직선을 유지해 주기 때문이다.◞

꿩雉은 한자어로는 '치'로 발음하고, 일본어에서는 '기지キジ'로 발음한다. 한국인들이 '꿩'이라고 부르게 된 것은 꿩의 울음소리로 작명했기 때문이다.

◞　일본어에 '빗나가지 않고', '역시'라는 뜻의 '야하리[やはり(矢張り)]라는 말이 있다. 화살이 곧게 날아가는 점에 착안하여 생긴 표현이다. '얏바리(やっぱり)'라고도 한다.

새 이름은 가끔 암수로 구분되기도 한다. 한국어에서는 꿩의 수컷은 '장끼', 암컷은 '까투리', 새끼는 '꺼병이'로 구분하여 부른다. 영어에서도 닭chicken을 암수 구분하여, 암컷은 헨hen으로, 수컷은 루스터rooster나 콕cock으로 부르고, 병아리는 칙chick이라고 부른다.

꿩의 이름을 구분하여 부르게 된 것은 장끼와 까투리의 외모가 판이하게 다른데다 새끼인 꺼병이 역시 개성이 강한 외모를 가지고 있기 때문이다. 꺼병이는 아직 병아리 상태라 암수 구별이 안되고 다리가 길어 뒤뚱거리며 걷는다. 이런 꺼병이의 모습은 행동이 굼뜨고 꺼벙한 인상을 준다. 그런 이유로 '꺼병이'를 '꺼벙이'로 부르게 되었다. 인기 만화 주인공의 이름이었던 꺼벙이는 아직도 많은 한국인들의 기억 속에 살아있다.

꺼병이 사랑

천적인 고양이가 두려워 때때로 나무 위에서 밤을 지새우기도 하는 장끼가 화려한 털을 유지하는 것은 자칫 천적을 부를 수도 있는 위험한 일이지만 알고 보면 까투리를 불러들여 종을 번식해 보려는 목숨을 건 희생 때문이다. 까투리 역시 장끼에 비해 초라한 보호색 털로 남의 눈에 띄지 않게 하여 자신을 감추고 지극정성으로 꺼병이들을 간수한다.

모성애가 강한 까투리는 천적이 침입하면 꺼병이들을 보호하기 위해 '차라리 나를 잡아 죽여라'는 식으로 바닥에 벌러덩 누워 상대방을 당황케 한 후 위험을 면하기도 한다. 까투리가 알을 품을 때는 주변에 불이 나도 둥지를 떠나지 않는 모성 본능을 발휘한다.

모성 본능 때문에 둥지를 떠나지 않는 까투리를 발견한 사냥꾼은 까투리도 잡고 쉽게 알도 줍게 된다. 그래서 나온 '꿩 먹고 알 먹고'라는 표현은 얼핏 '일석이조一石二鳥'나 '도랑 치고 가재 잡고' 같은 표현과 비슷하게도 들리지만 이면에는 까투리의 꺼병이에 대한 지극한 모성애가 숨어 있는 '웃픈tragicomic' 표현이다.

꿩의 메시지

회사에서 팀장은 팀원들에게 일을 배분하고 일이 제대로 되어가고 있는지 상사에게 수시로 보고하는 역할을 한다.

팀 회의에서 팀장으로부터 일을 배부받을 때 혹시 자신에게 힘든 일이 떨어질까 두려워 팀장과 눈이 마주치지 않도록 바닥을 쳐다보는 팀원이 있었다. 동료들은 그런 그에게 '꿩'이라는 별명을 지어 불렀다. '꿩'은 한동안 자신이 남들에게 '꿩'이라고 불리는지조차 몰랐다고 했다.

'꿩'이 동료들로부터 꿩이라는 별명을 얻게 된 것은 그의 행동이 꿩이 급하면 머리만 눈 속에 처박고 꼬리를 밖으로 내민 모습을 연상시켰기 때문이다. 옛사람들은 꿩이 머리를 처박고 꼬리만 밖으로 내놓는 모습을 가리켜 '장두노미藏頭露尾'라고 하였다. 이 말에는 장두노미를 경계하여 무엇이든 적극적으로 임하라는 메시지가 있다. 즉 '노두露頭'를 하라는 말이다.

인간사에는 꼭 하나의 진리만 있는 것은 아니다.

장두노미의 반대가 되는 성어도 있다. '봄 꿩이 스스로 운다'는 '춘치자명春雉自鳴'이라는 말이 있다. 이 말은 꿩이 스스로 울어 사냥꾼에게 위치를 알려 화를 자초한다는 의미로 '어리석게 울어서 제 무덤을 파지 말라'는 뜻으로 해석할 수 있다. 이 말을 조직 생활에 적용하면 '쓸데없는 말은 하지 말고, 나대지도 말며, 시키는 일이나 제대로 하고 있으라'는 의미로 해석될 것이다.

꿩을 장두노미나 춘치자명과 같은 말로만 연결하면 꿩은 소극적이고 어리석은 새일 수밖에 없지만 그런 선입견과 사뭇 다르게 들리는 군사 건축 용어인 '치雉'라는 단어가 있다.

서울 동쪽 광장동에는 백제가 광주廣州에 자리 잡았을 때 고구려의 남진을 막기 위해 쌓은 아차산성이 있다. 이 산성에는 적들이 성벽에 기어오르지 못하도록 성벽 바깥으로 돌출되게 만든 '치'라는 설치물이 있다. 이 설치물은 꿩이 머리를 앞으로 쭉 뻗은 것과 같은 형상을 하고 있어 '치'라고 하였다. '치'를 보면 꿩이 머리를 박기도 하지만, 내밀어야 할 때는 확실하게 내민다는 것을 알 수 있다. '치'는 삼국 시대의 고구려와 백제의 전형적인 축성 방식이다.

모모타로桃太郎와 꿩

한국어에서 일상으로 쓰는 '꿩 구워 먹은 소식', '꿩 잡는 게 매', '꿩 먹고 알 먹고' 같은 표현을 보면, 한국에서는 꿩을 주로 '먹을 것'으로 보는 경향이 있지만 지진이 많은 일본에서는 꿩이 '짧고 깨지는 듯한' 울음소리를 낼 때 지진을 예감한다. 그런 이유로 일본인은 지진까지 예고해 주는 꿩을 친구 수준을 넘어 삶과 여행의 동반자로까지 보는 경향이 있다.

일본인 벗 미야카와宮川 씨가 들려준 모모타로桃太郎 설화를 보면 잘 알 수 있다.

모모타로는 오카야마현에서 전해지는 이야기입니다. 내용은 강에서 빨래하는 할머니가 강물에 떠내려오는 복숭아 하나를 건졌고 그 복숭아 안에서 아기가 나와 할머니는 그 아이에게 '모모타로'라고

부르며 키웠습니다. 성장한 모모타로가 악행을 일삼는 도깨비를 퇴치하고자 할머니에게 받은 키비당고(きびだんご, 수수경단)를 가지고 떠납니다. 모모타로는 가는 도중에 개, 원숭이, 꿩을 만나 키비당고를 주고 부하로 삼아 함께 도깨비가 살고 있는 '오니가시마'라는 섬으로 가 '키노조鬼ノ城'에 있는 도깨비 무리를 무찌르고, 보물을 가져와 행복하게 산다는 내용입니다.

미야카와 씨가 이야기하는 내용은 언젠가 한 번쯤 들었던 것이었다. 일제강점기에 초등학교를 다닌 어머니에게 옛날이야기를 해달라고 조를 때면, 어머니는 한참을 머뭇거리시다 모모타로 이야기를 해주셨다. 일제강점기 때 배운 일본 설화를 아이들에게 들려주는 것을 조금은 망설이셨던 것 같다. 그때 들었던 모모타로 이야기는 중국의 《서유기》와 비슷한 느낌을 주었다.

미야카와 씨의 이야기를 들은 후 알게 된 것은 모모타로의 설화에는 역사적 슬픔이 진하게 배어 있었다는 사실이다. 설화에서 악행을 일삼은 것으로 묘사된 도깨비 '우라'는 다름 아닌 백제의 왕자 '우라溫羅'일 것이라는 추측이다. 우라는 AD 663년 백제 부흥군과 일본 연합군이 동진강 유역에서 있었던 백강 전투에서 패배한 후 일본으로 들어가 '키노조鬼ノ城'라는 한반도식 산성을 지었다고 한다.

'키노조'성 근처의 관광 안내판에는 '우라'가 백제의 왕자이며 제철 기술을 알려준 고마운 존재라는 것을 소개하고 있었다.

백강 전투에서 패배한 백제인들은 키노조성을 거점으로 야마토 大和 정권과 세력다툼을 하였으나 끝내 패배하고 만다. 그 근거로 키노조성에는 침공하는 적을 협공하는 방어시설인 치雉가 건설되어 있다는 점이다.

결국 백제 왕자 우라는 백강 전투에서 지고 일본으로 가게 되지만 일본 야마토 정권에 또 한 번 당하고 만다. 우라는 제철 기술을 일본에 전달하여 일본의 문명 발전에 기여했지만 일본인의 설화 속 도깨비 '우라'가 되어 모모타로에게 한 번 더 토벌당하게 된 것이다.

역사는 난민이나 패자를 그다지 아름답게 묘사하지 않는다.

늦가을 일몰에 모모타로와 개, 원숭이, 꿩 그리고 도깨비가 되어 버린 백제의 왕자 '우라'가 스쳐 간다. 묵직한 슬픔이 귀밑으로 내려앉는다.

장두노미(藏頭露尾)

매

학

갈매기

딱따구리

올빼미

PART 3

산과 물에 사는 새

매

· 鷹 응 ·

      열두 시간 이상 장거리 비행을 하는 경우 옆자리 승객과 서로 낯을 가리다 비행기가 도착지에 착륙하기 한두 시간 전이 되어서야 비로소 말문을 여는 경우가 많다.

    2019년 늦가을로 기억한다. 시카고에서 인천으로 귀국하는 비행기 옆자리에 앉은 미국인 벤자민 헌트Benjamin Hunt 를 만났다. 그는 인천을 거쳐 필리핀으로 '매사냥falconry 대회'를 간다고 했다. 자신은 일 년에 한두 번은 꼭 매사냥 대회에 참가한다며 미국인 특유의 가볍고 경쾌한 어투로 말했다. 한국에도 매사냥 전통이 있다는 말을 들었다고 했다. 아마 이전 대회에 참가한 한국인으로부터 들은 듯했다.

벤자민은 자신의 고향 미네소타에도 매가 많지만 매사냥 대회를 참가할 때마다 대회를 주최하는 나라의 역사와 문화도 배우게 된다고 했다. 그동안 참가한 매사냥 대회 중 가장 인상 깊은 곳은 어디였는지 물어보았다.

"지중해에 있는 작은 섬나라 몰타^{Malta}를 빼고 매나 매사냥을 이야기하기는 어렵습니다. '몰타의 매^{the Maltese Falcon}'라는 영화도 있습니다. 그리고 몰타에는 '매 사냥 센터^{falconry center}'까지 있지요. 매 사냥 센터 홈페이지에도 한번 들어가 보세요.

매사냥은 원래 5,000여 년 전 메소포타미아 유목민들이 시작했지요. 몰타는 기독교 십자군이 이슬람 국가를 향해서 출발한 기지였지만 동시에 이슬람이 기독교 세계로 들어오는 관문이기도 했지요. 유럽에서는 몰타가 이슬람의 매사냥 문화를 제일 먼저 받아들였지요.

몰타에 가면 긴 낭떠러지로 된 지형이 아주리^{azzurri, 푸른색}색 바다와 해안선을 이루고, 해안가에는 드문드문 대리석 유적들도 보입니다. 게다가 하늘은 코발트블루^{cobalt blue}색이지요. 그 위를 활공하는 매를 생각해 보세요. 오늘날의 매사냥은 사냥물을 잡는 목적보다는 사냥을 통해 매와 사람이 하나가 되고, 사람과 자연이 하나가 되는 맛으로 합니다."

https://maltafalconrycentre.com

응립여수 鷹立如睡

필리핀으로 계속 비행을 해야 하는 벤자민 헌트와 헤어진 후 공항에서 서울 시내로 들어오는 길에 매 두어 마리가 한강 상공을 선회하는 장면이 눈에 들어왔다. 근처 응봉동鷹峯洞 바위 위에서 쉬다 늦은 오후가 되어 기동을 하는 매들로 보였다. 생각해 보니 서울엔 응봉동 외에 '응鷹' 자가 들어간 지명이 응암동鷹岩洞도 있다.

응봉동, 응암동의 봉峯이나 암岩 자가 암시하듯 매는 높은 곳이나 바위 위에서 대부분의 시간을 쉬는 듯, 조는 듯 보낸다. 일찍이 이 점을 간파한 중국인들은 그들의 탈무드인《채근담茱根譚》┛에서 '응립여수 호행사병鷹立如睡 虎行似病'이라는 말을 하였다. 매는 조는 듯이 앉아 있고 호랑이는 병든 듯이 걷는다는 뜻이다.

매는 바위 위에서 대부분의 시간을 졸면서 쉬면서 에너지를 비축한다. 그러다 활공을 시작하여 먹이를 발견하면 시속 300km가 넘는 속도로 먹이를 향해 돌진한다. 매보다 체중이 더 나가는 인간이 비행기에서 낙하산이 펴지기 전 자유 낙하를 할 때 시속이 200km인 점을 생각하면 매의 돌진 속도는 상상을 초월한다.

┛ 《채근담(茱根譚)》은 중국 명나라 말기 유학자인 홍자성(洪自誠)이 지은 책으로 인생에 필요한 지혜를 담아 읽으면 읽을수록 칡뿌리처럼 깊은 단맛이 난다는 뜻으로 '채근담'이라고 하였다.

《채근담》에 나오는 '호랑이가 병든 듯이 걷는다'는 말의 의미는 이렇게 해석할 수 있다. 호랑이가 늘 으르렁거리고 돌아다니면 스스로는 진이 다 빠지고, 먹잇감들은 놀라서 다 도망가 버린다. 호랑이가 멧돼지 사냥을 할 때도 병든 듯이 어슬렁거리며 멧돼지에게 최대한 가까이 접근하여 가볍게 급소를 물어버리는 것이다.

호랑이가 최고의 포식자라면 매는 최상위급 맹금이다. 그들은 자신들의 이름에 맞게 최고 수준의 집중력을 발휘하여 사냥을 한다. 충분한 휴식을 한 후 최고의 집중력을 얻는 것이다. 집중력이 있어야 속도를 낼 수 있고 급제동도 할 수 있다. 급속 낙하를 하다가 먹이 앞에서 급제동이 걸리지 않으면 매는 땅에 부딪혀 죽고 말 것이다. 생각해 볼 대목이다.

매의 비행은 '속速'보다 어쩌면 '지止'가 중요하다는 점을 가르쳐준다. 빠른 주행을 하는 고급차는 브레이크가 좋은 법이다.

늘 바쁘고 분주한 사람은 큰일을 하지 못한다. 조직에서 늘 바쁘고 분주한 사람은 착실하다는 평가를 받는다. 지위가 낮은 사람에게는 더없이 좋은 평가일 것이다. 반면, 지위가 높아지고 의사 결정의 기회가 많아지면 과단성이 요구된다. 익지 않은 실實의 상태에서는 붙어 있고着, 익으면果 떨어져야斷 하는 것이다. 과단성은 그냥 생기는 것이 아니다. 타고난 담력, 깊은 사색, 물정에 대한 이해와 판단이 있어야 한다.

지도자는 늘 사람 속에 있지만 사람에 시달리면 안 된다. 사람에 치이는 것만큼 고달픈 것은 없기 때문이다.

사르트르는 일찍이 "타인은 지옥이다."◢라고 말했다. 큰일을 하거나, 하려는 사람은 늘 고요함을 유지해야 한다.

응시鷹視와 응시凝視

매를 의미하는 응鷹 자는 응雁 자와 조鳥 자로 이루어져 있다. 이때의 응雁은 'A점과 B점을 잇는다'는 의미이다. 즉 매의 눈(A)이 먹이(B)와 이어지는 것을 의미한다. 매의 특징을 우수한 시력에 있다고 보아 매를 '응鷹'이라 작명하고, 매가 날카롭게 바라보는 것을 '응시鷹視'라고 하였다.

매가 활공을 하다 응시鷹視한 목표물을 빠른 속도로 잡을 수 있는 것은 육식 조류 중 가장 좋은 시력을 가지고 있기 때문이다. 매의 눈에는 물체의 상이 맺히는 황반黃斑에 인간의 다섯 배가 많은 시세포가 집중되어 있어 인간보다 다섯 배 이상 멀리 볼 수 있다.

매가 급속 낙하하여 저공비행하는 꿩을 잡을 수 있는 것도, 지상에 있는 토끼의 위치를 파악한 후 토끼를 잡기 직전 감속할 수 있

◢　프랑스의 철학자 Jean Paul Sartre의 말. 원어는 'L'enfer, c'est les autres.'

는 것도 뛰어난 시력 덕분이다. 뛰어난 시력을 가진 매이지만 야간 사냥은 하지 못한다. 매의 시세포는 밝은 상태에서만 작동하기 때문이다.

응시鷹視와 발음은 같지만 구별하여 쓰는 말이 있다. 응시凝視이다. 응시鷹視가 매처럼 날카롭게 바라보는 것을 의미한다면, 응시凝視는 눈길을 모아 한 곳을 오래 바라보는 것을 말한다. 응시凝視의 예는 실험을 하는 과학자의 눈이나 서양 점술가가 수정 구슬을 쳐다보는 모습이다. 그런 이유로 수정 구슬을 바라보는 점술을 '수정 응시水晶凝視'라고 한다.

압둘라의 이야기

'신의 뜻대로'라는 말인 '인샬라inch'Alla'를 입에 달고 사는 아랍인들도 가끔은 '스피드'를 즐긴다. F1 자동차 경주 대회와 관련된 일로 아랍 에미리트를 간 적이 있다.

그쪽 관계자인 압둘라Abdullah가 "평화salam, 쌀람를 중시하는 삶을 삽니다."라고 말하여 평화는 어디서 얻느냐고 물어보았다. 그는 고달픈 일이 생기면 "부는 바람에 따라 모습이 변하는 사막 언덕인 사구沙丘, dune의 곡선을 바라보며 마음을 진정시켜 평화를 얻습니다.”라고 답했다. 이어서 압둘라는 모든 것이 늘 변한다는 사실만 알아도 삶의 희로애락에서 조금은 벗어날 수 있다고 말해준다. 그는 가끔 교외로 나가 사막에 방목된 낙타 떼를 멀리서 바라보기도 한다고 했다. 일종의 ‘멍때리기’라고 볼 수 있다.

압둘라 자신은 가끔 전통적인 매사냥을 즐기기도 하는데, 매를 통해서 스피드를 느낀다고 했다. 매가 고속으로 날다 속도를 줄여 수면을 스치는 듯 먹이를 낚아채는 모습에서 스릴을 느낀다고 했다.

사구의 곡선 변화와 낙타 떼의 움직임으로부터 정靜을 느낀다면 매를 통해서는 동動을 느낀다는 이야기였다. 그에 따르면 아부다비에 F1 서킷이 만들어진 이유도 동動과 속速의 쾌감을 느껴보려는 현대 아랍인들의 욕구 때문이라고 했다.

아랍인들의 마음속에 있는 정靜과 동動을 설명한 그는 ‘머신 machine’이라고 부르는 F1 경주 시범 차에 동승을 권했다. 그의 권유에 따라 머신에 타자마자 압둘라는 속도를 순식간에 250km로 올렸다. 넓어보였던 서킷은 가속할수록 좁아 보였고 급기야 300km가 되자 전방 서킷은 확실하게 좁아 보였다. 시속 250km와 시속 300km는 단순한 50km의 시속 차이가 아니라 완전히 차원이 다른 속도였다. 시속 300km에서 주행 도로의 끝은 뾰족한 침과 같은 소실점消失點, vanishing point 으로 보였다.

시범 운전을 마친 압둘라가 물었다. “어때요? 시속 300km를 달

소실점

린 소감이. 우리는 지상을 달렸지만 매는 상공에서 지상으로 시속 300km로 낙하하지요."

한국의 매사냥

매사냥은 포유류인 인간이 조류와 합작하여 다른 종류의 조류를 잡는 사냥 방식이다. 인류는 5,000여 년 전부터 매를 길들여 꿩 같은 새를 잡는 매사냥을 17세기 총이 수렵에 사용될 때까지 계속하였다.

가을부터 이듬해 봄까지 즐기는 매사냥은 단순한 취미생활 그 이상의 의미를 가지고 있었다. 매사냥은 겨울동안 인간에게 필요한 동물성 단백질을 제공해 주는 중요한 단백질 공급원이었다. 1920년대의 한 사진에는 매사냥꾼인 '수할치'가 사냥을 마치고 열 마리 가까운 꿩을 양 어깨에 매단 모습도 확인 할 수 있다.

매 사냥을 봄까지만 하는 이유는 봄에 영양 섭취를 충분히 한 꿩이 재빨리 날게 되면서 사냥이 쉽지 않게 되기 때문이다.

한민족은 매사냥을 고조선시대부터 만주 지방의 수렵족인 숙신肅愼으로부터 배운 후 삼국시대에는 매사냥이 크게 성행하였다. 그 무렵부터 축적된 우수한 응술鷹術은 중국과 일본에도 전해졌다. 응술 교류는 일찍이 한·중·일 삼국 간의 기술 교류였던 셈이다.

그 후 고려 충렬왕은 매사냥을 보다 체계적으로 하기 위해 응방鷹坊이라는 관청을 두고 몽골에서 기술자들을 불렀다. 오늘날로 치면 국가 축산업을 위해 외국 슈퍼바이저Supervisor를 초빙한 셈이다. '매를 부리는 사람'이라는 몽골어 '수할치'라는 말도 이 무렵에 수입된 것이다.

조선도 고려의 응방 제도를 계승하여 궁중에는 내응방內鷹坊까지 두었다. 가장 호화로운 매사냥을 즐긴 왕은 연산군이었다. 응방을 좌응방, 우응방으로 나누고 각 응방에 수할치와 매, 개는 물론 병졸까지 두기도 하여 배 곯는 백성들의 원성을 사기도 했다. 조선의 매사냥은 귀족들의 겨울 스포츠였으나 1930년대에 이르러서는 신분에 관계없이 널리 즐기게 되었다.

해동청海東青

매사냥 이야기가 나온 김에 사냥 매들이 나오는 '남원산성'이라는 남도 민요 한 자락을 소개한다.

남원산성 올라가 이화문전梨花門前 바라보니
수지니 날지니 해동청 보라매 떴다 봐라

이 민요에는 해동청, 보라매, 수지니, 날지니 같은 여러 종류의 사냥 매의 이름이 나온다. 민요는 길들인 매인 수手지니에, 야생 매인 날지니를 등장시키고, 우리의 전통 매인 해동청海東靑과 보라매도 불러들였다.

매가 등장하는 민요가 있을 정도이니 남도 지방에는 당연히 매사냥의 역사가 있었다. 과거에 남도 매사냥 터는 진안, 구례와 진도를 꼽았다. 그중에서도 진도가 유명했지만 마지막 수할치가 떠나고 난 진도 첨찰산尖察山의 매들은 이제 늦은 오후가 되면 상공에 올라 쓸쓸한 선회를 할 뿐이다. 상공을 도는 매는 보는 사람의 마음에도 공허한 선회를 일으킨다.

꿩 대신 닭

'일곱 가지 맛'을 의미하는 '시치미 七味'◢는 검은깨, 고춧가루, 파
래 같은 것으로 만든 일본 양념을 일컫는 말이지만, 매사냥에서 말
하는 시치미는 고려시대부터 사용되기 시작한 말로 매의 발목에
걸어 두는 매 주인鷹主의 이름표이다. '시치미를 떼다'는 말의 어원
은 남의 매에서 시치미를 떼어버리고 자기 매처럼 행세한데서 유
래한 것이다.

매사냥이 한창이던 조선 중기에는 '누구네 매가 꿩 몇 마리를 잡
았는가?'가 매사냥꾼들 사이에 화제였다. 당시 꿩을 많이 잡는 매
는 늘 녹초가 되어 고생하다 병들어 일찍 죽었다고 한다.

조선 숙종~영조 때의 문신 강재항姜再恒은 일찍 죽어가는 매를
불쌍히 여긴 나머지《양응자설養鷹者說》에 이런 말을 썼다.

매는 맹금猛禽이지만 사람과 다름이 없다네. 몸이 고단해지고 정신
도 너무 사용하면 피폐疲弊해진다네. 매는 꿩과 크기가 엇비슷하고
그 힘도 별 차이가 없지. 매도 꿩을 쫓다 보면 혈맥이 동요되고 (꿩
을) 발톱으로 치다 보면 근골이 상하고 말지. 꿩을 한 마리만 잡을

◢　통깨, 산초, 파래, 진피, 고춧가루, 검은깨, 양귀비 씨를 섞어 만드는 일본 양념

때는 괜찮지만 두 마리를 잡으면 힘이 쇠衰해지고 세 마리를 잡으면 고갈되고 마네. 힘이 고갈되면 병이 들고 병이 들면 죽고 만다네.

강재항의 말은 인간이 매를 착취하지 말아야 하고 고생한 매에게는 충분한 휴식을 주어야 한다는 말로 들린다. 도리를 아는 수할치라면 꿩을 잡아 온 매에게 대신 닭고기라도 주어야 한다. '꿩 대신 닭'이라도 주는 것은 비단 수할치만의 도리는 아닐 것이다.

매와 일본인의 성씨

매사냥을 할 때는 3종의 생물체가 합심해야 한다. 인간과 매 그리고 또 한가지, 사냥개이다. 인간이 아무리 매를 잘 다루더라도 매가 덤불 속에 떨어뜨린 꿩은 사냥개가 물어와야 사냥이 끝난다. 사냥의 마지막을 챙기는 사냥개를 기르고 훈련시키는 공력 또한 만만치 않다.

한반도보다 벼농사를 늦게 시작한 일본은 상대적으로 수렵 시대가 길었다. 일본의 매사냥꾼들은 사냥개 훈련에 늘 신경 썼다. 잘 훈련된 사냥개를 확보하고 훈련시키는 것을 성공적인 사냥의 기본 조건으로 보았기 때문이다.

영국에서 직종에 따라 옷을 재단하는 사람을 테일러^{tailor}, 대장

장이를 스미스smith로 불렀듯, 일본에서도 직종에 따라 성을 부여했다. 그 예가 견양犬養이라는 성씨이다. 견양은 사냥의 최종 마무리를 하는 사냥개를 훈련시키는 사람들에게 부여된 성씨이다. 견양이라는 성으로 총리대신까지 지낸 '이누카이 쓰요시犬養毅, 1855~1932라는 사람도 있었다.

일본의 성씨 중에는 매와 관계된 성이 하나 더 있다. '타카나시小鳥遊라는 성이다. 쓰여진 한자의 뜻은 '작은 새들小鳥이 논다遊'이지만 발음은 '타카나시'로 한다. 타카나시를 풀어보면 '매たか, 타카가 없다なし, 나시'가 된다. '타카나시'의 발음과 한자를 합쳐 의미를 해석하면 '천적인 매가 없으니 작은 새들이 잘 논다'가 된다.

매와 관련된 일본 속담 하나를 소개한다. '솔개가 매를 낳는다'▱라는 말이 있다. 한국어로 치면 '개천에서 용 나온다'라는 속담에 해당된다고 볼 수 있다. 이 속담을 보면 일본인들은 맹금류 중에 매를 최고로 쳤음을 알 수 있다.

▱ 일본어로는 'とんび(鳶)がたか(鷹)をう(産)む.'라고 함

학

· 鶴 ·

　목이 긴 새들을 많이 볼 수 있는 순천만 근처에
사는 벗 선호善浩가 상경하여 양재천을 함께 걸었다.
　양재천은 경기도 과천에서 시작하여 서울 강남구를 통과하는
8km 길이의 한강 지류이다. 이 양재천에는 밤에 너구리가 눈에 불
을 켜고, 낮에는 백로와 왜가리 같은 여름 철새가 피라미를 입에
문다. 사진작가들도 이런 모습을 잡아보려고 애를 쓴다.
　양재천의 풍부해진 생태 환경을 보면서 생태 회복도 '노력하면
되는구나'라는 생각을 하면서 걷고 있었다. 그때 같은 방향으로 걸
어가는 한 가족이 있었는데, 그중 아들이 이런 말을 하였다. "저 학
은 흰색인데, 여기 보이는 학은 회색이네요."
　우연히 그 말을 듣게 된 선호는 일순一瞬 말을 멈추더니 "아이가

잘못 알고 있네. '아만보'라고 했는데…"

'아만보'의 의미를 물으니 '아는 만큼 보인다'라는 말의 약자라고 설명한다.

선호가 소년에게 정확한 지식을 전달해주기를 바라는 마음에, 소년의 부모에게 조류 전문가가 잠시 할 말이 있다며 말을 건네자, 소년의 아버지는 환영했다. "저도 학, 두루미, 황새, 백로와 왜가리가 어떻게 다른지 모릅니다. 명우➘에게 좋은 공부가 되겠네요."

선호가 설명을 시작했다.

"명우야, 우리가 먹는 사과, 자두, 토마토가 다 빨간색이라고 해서 전부 '과일'이라고 하지는 않지? 사과와 자두는 과일이지만 토마토는 채소인 거 알지? 같은 붉은색이지만 자세히 보면 모양, 색깔, 맛, 나오는 계절도 다 다르지? 새들도 마찬가지야. 명우는 오늘 다리가 긴 새들을 그냥 학이라고 한 거지. 학, 두루미, 황새, 백로, 왜가리가 어떻게 다른지 이야기해 볼까?

우선 명우가 조금 전 말했던 흰 새는 백로이고, 회색은 왜가리야. 이들의 공통점은 날 때 목이 'S' 자 형태가 된다는 점이지.

그리고 학은 '두루미'라고도 하는데 온몸이 흰색이고 이마에서

➘ 나중에 명우의 한자 이름을 물어보니 明羽였다. 이름에 새 날개를 의미하는 우(羽) 자가 들어간 연유를 물었다. 명우 부친은 명우의 할아버지가 제갈공명을 좋아하여 제갈공명의 이름 끝 자인 명(明) 자와 공명의 애장품이었던 부채의 재료인 학의 날개를 의미하는 우(羽) 자로 작명을 했다고 했다.

목에 걸친 부위는 검은색으로 되어 있어. 마치 검정 머플러를 두른 것 같지. 꼬리 부분도 검은색이야.

학, 즉 두루미는 두루미목 두루밋과에 속하는데 날 때는 목을 일자로 쭉 뻗지. 학이 황새나 백로, 왜가리와 결정적으로 다른 점은 나무에 올라가지 못한다는 점이야. 그래서 학이 나무 위에서 쉬는 모습을 그린 동양화가 있다면 그건 상상화일 뿐이지.

백로, 왜가리, 학과 같은 새의 특징은 야간 시력이 좋지 않다는 점이야. 야간 시력이 좋지 않다 보니 밤에 기습을 시도하는 삵을 피해서 얕은 물에 서서 잠을 자지. 삵이 접근하면 물소리가 나기 때문에 피할 수 있거든."

명우는 스마트폰에 들은 내용을 열심히 메모하였다.

왜가리

학

백로

황새

두루미, 쓰루つる, 허鶴

학鶴은 두루미라는 뜻의 '학隺' 자에 새 '조鳥' 자를 붙여 만든 '형성자'이다. 두루미는 학의 순수 우리말이며 그 우는 소리가 '뚜루르 뚜루르'로 들려 두루미가 되었다. 같은 소리라도 일본인에게는 '쓰루 쓰루'로 들려 일본어로 학은 '쓰루つる'라고 한다. 다만 중국어로는 학을 '허'라고 발음하는데 '허'는 두루미를 포함하여 목이 긴 새들을 총칭한다.

영어로 '크레인crane'이라고 부르는 학은 기중기를 뜻하기도 하는데, 학이 먹이를 집어 올리는 모습에서 따온 말이다.

가끔 황새와 학을 혼동하는 경우도 있다. 황새는 온몸이 흰색이고 꽁지가 검은색이라는 점에서 학과 같지만, 다리가 붉은색이라는 점이 학과 다르다. 황새는 나무 위에 둥지를 트는 반면, 학은 땅위에 둥지를 만든다.

무엇보다 황새는 학과 동정同定이 완전히 다르지만 굳이 공통점을 말한다면 겨울 철새라는 점이다.

동양에서는 학을 상서롭게 보지만 서양에서 황새가 경사를 가져오는 것으로 본다. 영어로 황새는 '스톡stork'라고 하는데, '황새의 방문stork's visit'이라고 하면 '아기가 태어난다'는 뜻이 된다.

제갈량 諸葛亮의 부채

학 이야기가 나오면 《삼국지》의 제갈량諸葛亮, AD 181~234을 언급하지 않을 수 없다. 그의 이름 량亮, 자字는 공명孔明, 주위에서 불러준 와룡臥龍이라는 닉네임 역시 모두 그의 총명함과 카리스마를 암시한다. 그 중 자인 공명은 "공자처럼 똑똑하다."라는 의미를 담고있다.

드러내지 않는 것을 미덕으로 아는 중국인들이 제갈량이 총명하다는 사실을 이름을 통해 노골적으로 드러내고 있다. 제갈량이 얼마나 똑똑하면 그랬을까?

제갈량은 《삼국지》의 클라이맥스인 〈적벽대전赤壁大戰〉에서 그의 총명함을 확실히 보여준다.

적벽대전이 시작되기 전 제갈량은 눈을 가늘게 뜨고 학우선鶴羽扇이라는 부채를 부치며 독백조로 이런 말을 한다. "지도자는 하늘이 주는 시간을 알아야 하고知天時, 지천시, 땅이 주는 이익을 찾을 줄 알아야 하며查地利, 사지리, 사람의 마음을 읽어야 한다曉人心, 효인심."

그는 적벽대전 당시 북쪽에 있는 적을 남쪽에서 불어오는 동남풍을 이용하여 불길이 남쪽에서 북쪽으로 휘몰아치도록 하는 화공火攻을 택했지만 계속 북서풍이 부는 통에 그의 주변 사람들은 모두 초조해 하였다. 제갈량은 학우선을 살살 부치며 '동남풍東南風'을 주문한다. 그때 '갑자기甲子起' 동남풍이 불기 시작한다. 계절풍인 동남풍이 갑자일甲子日이 되자 불기 시작한 것이다.

제갈량을 존경하고 그리워 한 후세 사람들은 제갈량이 적벽대전에서 학우선으로 도력을 발휘하여 동남풍을 불러왔다고 믿기도 하고, 그렇게 말하기도 하였다.

천우학 千羽鶴

"기적은 정성을 다할 때 이루어진다."는 말이 있다.

전에는 희귀병에 걸린 친구를 낫게 하기 위해 전교생이 종이로

천 마리의 학을 접어 소원을 빌어 아픈 친구가 완쾌되었다는 미담
이 뉴스를 통해 소개된 적도 있지만 요즈음은 의학이 발달한 탓인
지 천 마리의 종이학을 접고 소원을 빌었다는 이야기는 더 이상 들
리지 않는다.

천 마리의 종이학을 줄여서 '천우학千羽鶴'이라고 한다. 천우학千
羽鶴이라는 말에 있는 '우羽' 자는 새를 세는 단위 '마리'를 의미한다.

천우학과 관련하여 수년 전에 만났던 노신사가 들려준 한국 경
제 성장의 스토리를 옮겨 본다.

"1960년대 한국은 모두가 먹고살기 힘들었어요. 당시 정부는 한국의
경제를 빨리 성장시키기 위해서는 먼저 철강을 자체 생산해야 한다
고 보았어요. 그래야 건설도 하고 기계도 만들 수 있을 테니까요.
한국 정부는 철강 생산을 위한 도움을 청하기 위해서 여러 나라의
철강사를 노크했지만 모두 '정중한 거절'을 당하고 최종적으로 일
본에 도움을 청하기로 했지요. 당시 일본 사정에 밝은 분을 경영자
로 하여 1968년 4월 1일에 회사를 설립하게 됩니다. 4월 1일은 당시
세계 최고의 철강 기업이었던 US Steel의 창립일이기도 했어요. 특
히 이 날이 기억에 남는 것은 만우절 때문이기도 합니다.
그 날을 기념하는 사진도 하나 있는데, 세 분이 함께 찍은 사진이지
요. 그분들은 당시 대통령과 철강회사 사장 그리고 이름에 학鶴 자

가 들어간 부총리였지요. 그 부총리의 닉네임은 학鶴을 일본어로 발음한 '쓰루つる'였어요. 아마 사람 이름에 들어가는 새는 학鶴이 유일할 겁니다.

당시 설립된 이 회사의 창립 멤버 중 한 분은 일본 철강회사에서 온 분에게 여담으로 "우리 회사의 임직원 가족들은 한국의 철강산업과 회사의 성공을 위해서 '천우학千羽鶴'을 접고 공장 건설이 속히 이루어지기를 학수고대鶴首苦待하고 있다."는 말을 했다고 합니다.

그분은 일본어가 능숙했는데 천우학千羽鶴을 '센바즈루せんばづる'라고 말했다고 합니다. 일본 분은 '센바즈루'라는 말을 듣고는 '알았다'는 표정을 짓더래요.

창립 멤버였던 그 어른은 속성이 전혀 다른 종이紙와 학鶴 그리고 철鐵을 하나로 묶어 생각한 거지요. 우연인지는 몰라도 일본 분의 고향은 지명에도 학이 들어간 '마이즈루舞鶴'✈부근이라고 하더랍니다."

부산 동래에 가면 학춤을 추는 분들이 있다. 원래 한량들이 추던 학춤은 갓을 쓰고 흰 도포를 입고 버선과 미투리를 신고 춘다. 학춤을 추는 모습을 보면 복장부터 학이 연상된다. 반주는 장구, 꽹과리, 그리고 북과 징이 동원된다. 전라도에 판소리가 있다면 경상도에는 동래 학춤이 있다.

✈ 일본 교토부 북쪽에 있는 항구 도시

학춤의 춤사위는 학이 한발을 들고 선 모습, 양손을 굽혀 어깨 위로 올려 학이 여기저기 너불거리며 돌아 다니는 모습, 날개를 접 었다 펴는 동작, 고개를 들고 사방을 훑어보는 모습까지 학의 움직 임 하나하나를 예리하게 관찰하여 표현한 것이다.

부산에서 가까운 마산에 가면 유명한 '무학舞鶴 소주'가 있었다. 무학은 '춤추는 학'이라는 뜻이다. 마산 친구 명길明吉에게 "서산, 김제, 해남, 포천처럼 철새가 많은 평야에 좋은 막걸리가 많이 나온 다."고 말하자 그는 "하지만 소주는 역시 마산이야."라고 강변하면 서 소주의 유래를 들려주었다.

800년 전 고려에 주둔하던 몽골군은 발효주만 마시던 고려인들에 게 소주를 만드는 법을 가르쳐 주었다. 그런 연유로 이름 있는 소주 는 몽골군이 주둔하던 안동, 마산과 같은 곳에서 주로 나온다.
특히 당시 합포合浦라고 불리던 마산에는 좋은 물이 나오는 샘이 많 았다. 그 중에는 '몽고정'이라는 우물도 있었는데 이 우물의 물로 담 근 간장은 후에 '몽고간장'이 되었다.

몽골인들은 유목의 전통에 따라 늘 이동을 해야 하는 탓에 느긋 하게 술을 담그고, 보관할 시간이 없었다. 그들은 빨리 데워서 마실 수 있는 소주와 같은 증류주를 만들어 급히 목에 털어 넣었다.

사실 늘 이동을 해야 하는 몽골군에게는 먹는 문제보다 더 중요한 것은 신속한 기동력을 보장하는 말의 '아로나민'과 추위를 이길 수 있는 독한 술이었다.

몽골군이 고려를 떠나고 300여 년이 지난 뒤에 학의 날개를 예리하게 관찰한 후 일본 해군의 공격을 물리치고 조선을 방어한 인물이 있었다. 이순신 장군이다.

그는 전쟁의 승패를 가르는 한산도 대첩에서 세계 최초로 학익진鶴翼陣이라는 진법陣法을 성공적으로 전투에 적용하였다. 학익진은 학이 날개를 편 모습으로 적의 군함들을 C 자 혹은 역C 자 형태로 포위하여 적 함선으로 하여금 공격과 방어의 부담을 가중시키는 진법이다. 평소 학이 날개를 움직이는 것을 관찰한 후 학익진이라는 아이디어를 구상하여 병법에 적용한 이순신 장군의 혜안은 어디에서 나왔을까?

그저 궁금할 뿐이다.

몽골어로 '아로'는 10, '나민'은 8이다. 그리고 10과 8을 합한 18은 젊음과 활력을 의미하는데 현지에서는 이를 '아롱나임'이라고 한다.

화투 속의 학

'꽃으로 싸운다'는 뜻의 화투花鬪는 16세기 후반 일본인들이 포르투갈 상인들과 교류를 하면서 알게 된 카드 게임 '까르타Carta'에서 힌트를 얻어 '하나후다花札'를 만들었다. 하나후다는 발상지인 일본에서는 거의 사라졌지만 19세기 말 일본 상인들에 의해 조선으로 건너와 화투라는 새로운 이름을 얻게 되었다. 그 후 화투는 1960년대 일본에서 개발된 '고스톱'이라는 게임방식이 한국에 소개되면서 다양한 규칙을 추가하여 대중적 놀이로 자리 잡았다.

화투는 1월에서 12월까지 월마다 네 장씩, 모두 48장으로 6종의 새가 꽃이나 나무와 함께 등장한다.

1월에 학과 소나무, 2월에는 휘파람새와 매화, 4월은 두견새와 등나무, 8월이 되면 기러기 세 마리와 억새가, 11월은 봉황과 오동나무, 12월에는 제비와 버드나무가 출현한다.

화투에서 '똥'이라고 부르는 11월의 광光에는 봉황이 나온다. 한국, 중국, 일본의 전설에도 등장하는 봉황은 상서로운 벽오동 나무에만 앉는다는 전설이 있다. 똥은 오동의 별칭이다.

한편, 정월의 광光에는 학과 소나무가 나온다. 학은 장수를, 소나무는 건강을 의미한다. 인생의 최종 승리는 장수로 결정되고, 행복은 건강에서 나온다.

낮잠을 즐기는 느긋한 성격의 윈스턴 처칠은 이런 이야기를 한 적이 있다.

"오래 살다 보니 정적들이 다 죽고 말았네.✎" 처칠과 학, 공통점은 장수이다.

✎ I have outlived all my enemies.

갈매기

· 白鷗 백구 ·

산에는 산새가 살고 물가에는 물새가 산다면 바닷가나 항구에는 갈매기가 산다. 몇 해 전 대서양으로 연결되는 미국 워싱턴 D.C. 포토맥강가에 있는 야외 카페에서 주인과 나누었던 이야기를 소개한다.

아침에 가게 문을 막 연 주인에게 가게를 열고 맨 먼저 하는 일이 무엇이냐고 물었다. 깊은 눈과 옅은 미소를 가진 주인 빅터는 가게를 열고 나면 바로 갈매기 똥부터 치워야 한다고 대답했다. 그는 이어서 한국에서 왔느냐고 묻는다. 어떻게 알았을까?

"저는 한국과 인연이 있어 한국인을 보면 바로 압니다. 할아버지가 잠시 서울에 사신 적이 있었거든요. 고향이 상트페테르부르크였던 증조부가 1922년 늦가을 가족들을 데리고 한국(당시는 식민지 조선)과 가까운 포시에트항을 통해 한국에 입국하셨대요. 그때 할아버지는 열 살이었다고 해요.

증조부는 상트페테르부르크가 고향이라 같은 고향 음악가인 차이콥스키의 음악을 좋아하셨다고 합니다. 차이콥스키의 이름도 증조부처럼 표트르였다고 합니다. 바다가 있는 상트페테르부르크에는 핀란드만으로 연결되는 네바강이 있어 갈매기가 많았답니다. 갈매기가 많아서 그런지 상트페테르부르크에는 갈매기가 들어간 말이 많았다고 합니다. '차이콥스키'라는 성도 '갈매기'라는 뜻입니다."

포토맥 갈매기

빅터의 증조부가 어떤 연유로 1922년 한국에 오셨는지 물었다.

"1922년 '소비에트 사회주의 공화국 연방(소련)'이 수립되기 직전 러시아는 혁명과 적백赤白 내전✦으로 하루하루가 불안하고 정세는 계속 혼란 속으로 빠져들고 있었어요. 당시 볼셰비키의 적군

✦ 1917년 러시아 혁명부터 1922년 소비에트 사회주의 공화국 연방이 수립되기까지 러시아에서는 '붉은 군대' 혁명군과 반 혁명군 사이의 피비린내 나는 적백(赤白) 내전이 있었다.

포시에트

에 반대한 러시아인들은 '백계 러시아인'이라 불렸는데, 그들은 백군이 점령하고 있던 블라디보스토크가 적군의 수중에 떨어지기 직전 수천 명이 한국으로 피난을 간 거지요.

한국으로 피난 나온 백계 러시아인들은 1917년 제정 러시아가 무너지자 순식간에 무국적자에 무일푼이 되었지만 원래는 신분과 재산이 있었던 분들이었지요.

이들 백계 러시아인들은 어렵게 한국에 입국했지만 당시 조선을 합병한 일본은 이들에게 그리 우호적이지 않은 데다 경제적으로도 어려워 찻집에서 악기를 연주하며 근근이 연명했다고 합니다. 결국 그분들은 일 년 후 조선을 떠나 샌프란시스코항을 통해 미국으로 들어옵니다. 물론 한국에 잔류한 분들도 일부 계셨지만 그분들은 한국 전쟁통에 소련에 송환되어 갖은 고초를 겪다가 돌아가셨다고 합니다. 참 가슴 아픈 사연입니다.

저희처럼 미국에 온 분들은 동부로 건너와 대부분 워싱턴 D.C.의 조지타운 지역에 정착했지요. 미국에 정착한 백계 러시아인들 사이에는 "우리는 다섯 항구의 갈매기를 보고 살아남았다."라는 말을 자주 했답니다. 그분들이 말하는 다섯 항구란 상트페테르부르크, 포시에트, 원산, 인천, 샌프란시스코를 말하지요. 그분들이 다섯 항구에서 보았던 갈매기는 언제나 그분들에게 희망을 주었습니다. 항구를 떠날 때 보는 갈매기도, 도착하는 항구에서 보는 갈매기도 새로운 삶에 대한 희망을 주었기 때문입니다.

저는 어른들이 하시는 그런 이야기를 듣고 커서 그런지 매일 갈매기 똥을 치워도 아무렇지 않습니다. 할아버지도 미국에 와서 해군에 자원입대를 하셨는데 겨울철 차가운 갑판에 묻어 있는 갈매기 똥을 매일 아침 치우면서도 기분이 좋으셨대요."

빅터는 한국과 인연을 맺었던 어른들의 이야기를 마친 후 브런치를 하러 모여든 손님들에게 아코디언으로 '사이먼 앤 가펑클'의 Bridge Over Troubled Water를 연주한 후, 윙크와 함께 최근에 배웠다는 '부산 갈매기'✎를 더 선사했다.

빅터에게 영업을 시작하면서 아코디언을 연주하는 이유를 물었다.

"아코디언을 연주하는 이유는 오신 고객들에게 희망을 주기 위

✎ 2023년 2월 국가철새연구센터는 부산 갈매기는 주로 '붉은부리갈매기'로 러시아 북동부에서 5월부터 6월까지 번식하다 7월부터 3개월에 걸쳐 한반도와 필리핀까지 이동한 후 10월부터 월동을 하다 봄이 되면 다시 러시아로 올라간다는 사실을 밝힌 바 있다. 한편, 동 센터는 2020년 5월 한반도 서해안의 갈매기는 '괭이갈매기'로 중국 랴오닝성과 한반도, 중국 푸젠성을 이동하면서 월동과 번식을 한다고 밝혔다.

해서 입니다. 선곡은 날씨에 따라 제가 합니다. 아코디언은 조상 대대로 연주한 악기인데 조상들은 '어디 가서 구걸하더라도 악기 하나는 제대로 연주해야 굶어 죽지 않는다'라는 말씀을 하셨대요."

먼발치 요트의 돛대 꼭대기에 앉아 무덤덤하게 우리 이야기를 엿듣던 포토맥 갈매기들은 프렌치 프라이가 나오자 테이블 가까이로 바짝 다가왔다.

구아노Guano 전쟁

갈매기는 세계적으로 102종이 있지만 보통 갈매기라고 할 때는 흰색 갈매기인 '백구白鷗'를 말한다. 다른 새들처럼 갈매기는 괄약근이 없어 똥오줌을 한 번에 배설한다. 특히 날기 전에는 몸을 가볍게 하기 위해 꼭 배설물을 갈긴다.

이렇게 갈매기와 다른 바닷새들이 배설하는 똥을 영어와 스페인어로 '구아노Guano'라고 한다. 구아노는 남미나 호주의 산호초 섬의 바위에 오랜 세월 단단하게 눌어붙어 있다가 떼어내면 고급 비료의 원료가 된다. 원래 구아노는 에콰도르의 수도 키토Quito에서 200km 떨어진 '구아노'라는 곳의 지명에서 따온 말이다.

구아노가 고급 비료가 되다 보니 구아노를 탐내는 나라끼리 쟁탈전을 벌인 일이 있었다. 볼리비아 라파스 출신인 안젤라Angela가 남미에서 있었던 구아노 쟁탈전을 들려주었다.

안젤라가 먼저 남미 국가들에 대한 지리적 개황을 설명해 주었다.

"남미 13개국 중에 내륙 국가 landlocked country 는 볼리비아와 파라과이이지요. 사실 볼리비아는 원래 육지로만 둘러싸인 나라는 아니었어요. 볼리비아가 스페인으로부터 독립할 때는 '안토파가스타'라는 지방에 태평양으로 나갈 수 있는 항구가 있었어요.

바로 그 안토파가스타 지방에서 대량의 구아노가 발견되었는데 그게 문제의 발단이 되었지요. 19세기 유럽에서 산업혁명이 시작되면서 인구가 폭발적으로 늘자 식량 부족으로 도처에 굶어 죽는 사람들이 생겼어요. 그러던 중 유럽인들은 남미 잉카인들이 오래전부터 비료로 쓰던 구아노가 자신들의 농업 생산량을 비약적으로 늘려줄 것으로 믿게 되었지요.

유럽에서 구아노가 선풍적인 인기를 끌자 구아노로 된 섬들을 보유한 볼리비아와 페루, 칠레는 자신들이 곧 부자가 될 꿈에 부풀게 되지요."

이어서 안젤라는 눈과 입에 힘을 주고 이런 말을 했다. "복은 늘 화를 불러온다 Fortune calls for misfortune 는 말을 아시지요?"

안젤라의 말에 동양에도 좋은 일에는 항상 마魔가 끼니 조심하라는 뜻으로 '호사다마好事多魔'나 '화복상의禍福相倚'라는 표현도 있다고 공감을 표시했다.

안젤라가 설명을 계속했다. "아마 세상의 이치는 어디나 비슷할 겁니다. 볼리비아가 구아노가 풍부한 안토파가스타 지역을 개발하려고 하니 자금이 부족했어요. 결국 볼리비아는 이웃 칠레 기업들로부터 투자를 받는 대신, 칠레 기업들에는 25년간 면세로 구아노 채굴권을 주겠다고 약속을 하지요. 물론 칠레는 볼리비아의 달콤한 제안을 받아들이게 되고요.

개발이 잘 되고 있다고 생각한 볼리비아는 돌연 생각을 바꾸어 구아노 섬과 주요 자원들을 국유화시키고 칠레에 세금을 내라고 했어요. 칠레는 볼리비아의 이런 결정을 묵과하지 않고 1879년 안토파가스타에 파병을 했어요. 겁이 덜컥 난 볼리비아는 이웃 페루와 군사 동맹을 맺고 칠레에 맞섰지요.

그런데 갑자기 변수가 생겨요. 구아노 없이 농사 지을 일이 막막해진 유럽 국가들이 칠레를 돕기로 한 거지요. 전세는 유럽 국가의 지원을 받게 된 칠레의 일방적 우세로 바뀌지요. 결국 볼리비아는 내륙으로 쫓겨나고, 4년이 지난 1883년 볼리비아-페루 동맹은 항복을 하고 말아요. 그 이후 볼리비아는 태평양으로 나갈 수 있는 안토파가스타를 잃고 내륙국으로 전락하고 말았어요."

볼리비아가 내륙 국가가 된 과정을 설명한 안젤라에게 구아노를 확보한 칠레는 그 후 어떻게 되었는지를 물었다.

"칠레는 처음에는 전쟁 배상금도 챙기고, 구아노와 새 영토도 얻어 희희낙락했지요. 하지만 돈맛을 본 칠레도 볼리비아처럼 자원의 국유화를 선언하지요. 결국 구아노 가격의 급등을 우려한 영국과 미국은 칠레의 반란군을 지원하여 칠레 정부를 전복시켜 버렸어요. 그런데 구아노를 둘러싼 비극은 그게 끝이 아니었어요. 원래 나쁜 것들은 꼬리에 꼬리를 물고 오는 법이지요.

유럽에 구아노를 대체할 비료가 개발된 겁니다. 구아노 가격은 당연히 곤두박질쳤지요. 결국 인류 최초의 자원 전쟁인 구아노 전쟁은 패전국 볼리비아와 페루 그리고 승전국 칠레까지 모두 비극의 피날레를 맞이하고 말아요. 구아노는 남미 국가에 짧은 기쁨과 긴 슬픔을 안긴 거지요. '자원의 저주resource curse'란 말은 구아노를 두고 한 이야기가 되어버렸어요."

안젤라의 구아노 이야기를 듣고 나서도 구아노 이야기가 옛날 이야기로만 들리지 않는 이유는 최근 볼리비아의 '우유니'라는 소금 호수에 2차 전지 소재로 알려진 리튬이 풍부하다는 사실이 밝혀졌기 때문이다. 우유니는 볼리비아에 다시 찾아온 기회가 되겠지만 축복이 될지 저주가 될지는 주변 국가들과의 역학 관계에도 달려있다고 말한다면 지나친 걱정일까?

갈매기와 난민

우리가 일상에서 자주 쓰는 '자유自由'라는 말은 알고 보면 150년 밖에 안 된 신조어이다. 일본 언어학자들이 '메이지 유신' 이후 영어의 '프리덤freedom'과 '리버티liberty'☝를 '자유'라고 번역한 것이다.

당시의 일본 학자들은 자유라는 말 외에도 개인個人, 권리權利, 민족民族, 사진寫眞과 같은 말을 번역해 내놓았다. 이런 한자 단어들을 보면 당시 일본 학자들이 사물을 예리한 눈으로 꼼꼼하게 관찰하였음을 알 수 있다.

우리가 늘 쓰고 있는 자유의 의미를 절실하게 느낀 백계 러시아인들의 이야기에 이어 유대인들의 이야기도 갈매기를 통해 소개한다.

백계 러시아인들이 자유를 찾아 세계를 떠도는 동안 유럽의 유대인 2만 명은 나치가 1935년 뉘른베르크 법☝☝제정을 시작으로 박해를 가속화하자 유럽에 머무는 것조차 두려운 나머지 멀리 중국 상해로 가게 되었다. 개방적인 도시 상해의 주민들은 오갈 데 없는 유대인들을 너그럽게 받아 주었다.

☝ 프리덤freedom은 자기의 의지에 따라 행할 수 있는 자유이고 리버티liberty는 자신을 제약시키는 것으로부터 벗어나는 것을 의미한다.

☝☝ 1935년 나치 독일이 제정한 법률. 나치는 이 법을 통해 유대인과 독일인 사이의 결혼과 섹스를 불법으로 규정하고, 유대인의 공무원 임용권도 박탈하였다. 이 법은 후에 홀로코스트의 근거법이 되었다.

아쉽게도 상해에서의 그들의 행복은 길지 않았다. 1940년 독일과 동맹을 맺은 일본이 상해에 주둔하면서 유대인들의 거주를 특정 구역으로 제한해 버렸다.

이어서 유대인 예배소에 일본 군인들이 찾아왔다. 그들 중 한 장교가 유대교 성직자인 랍비를 무릎 꿇게 한 후 랍비의 긴 수염을 단칼a single stretch of stroke에 잘라 버리고 말았다. 놀랍고 두렵고 참담한 유대인들은 유럽에서 상해로 왔던 뱃길보다 더 먼 뱃길을 따라 뉴욕으로 떠나게 된다.

뉴욕으로 간 유대인들은 세월이 흐른 후에도 상해를 잊지 못했다고 한다. 지금도 상해에는 유대계 미국인들이 많이 찾아온다. 상해 소재 중국어 학원 수강생 중에는 뉴욕에서 온 젊은 유대계 미국인들이 많다.

상해에는 이들 유대 젊은이들이 오는 필수 방문 장소가 하나 있다. 상해유태난민기념관上海猶太難民記念館이다. 이곳에서 만난 유대계 미국 대학생 에밀리Emily도 여름 방학을 이용하여 상해에 중국어를 배우러 왔다고 했다.

에밀리에게 누구의 권유로 상해유태난민기념관에 왔는지 물었다.

"엄마의 권유가 있었어요. 상해는 유대인과 인연이 깊은 곳이라는 말씀에 상해에 오기로 했지요. 엄마는 아직도 상해에 유대 형제가 천 명 이상 남아서 살고 있다는 말씀도 하셨어요. 인류 역사의 떠돌이diaspora인 저희 유대인이 중국 상해에 머물렀다는 사실이 역사를 전공하는 저를 상해로 끌어당겼지요."

유대인들의 역사에 관심을 보이자 눈가에 이슬이 맺힌 에밀리는 독일에서 상해로 오게 된 가족사까지 이야기하기 시작했다.

"저희 할머니는 독일 함부르크에서 상해로 오시기 전 배가 이스탄불에 들렀다는 말씀을 하셨어요. 그때 할머니와 같이 배를 탄 유대인들은 모두 배에서 내려 보스포루스Bosporus 해협에 서서 슬픔의 눈물, 희망의 눈물을 흘리면서 먹었던 고등어 샌드위치를 잊지 못한다는 말씀도 하셨어요. "함부르크 항에 사는 갈매기보다 고등어를 많이 먹는 보스포루스 해협의 갈매기가 힘이 더 좋아 보이더라."라는 말씀도 하셨지요.

할머니의 고향 함부르크나 상해, 뉴욕은 모두 항구 도시입니다. 항구에는 배가 새로운 물건을 실어오고, 새로운 이야기도 가져옵니다. 할머니는 바닷가 사람들은 늘 상상하고 꿈을 꾼다고 하셨어요. 그 꿈에는 자유가 있고, 갈매기도 함께 있다고 말씀하셨지요."

에밀리가 꿈과 자유, 갈매기를 말한 뒤 잠시 꿈이라는 말을 되새겨 보았다. 꿈이라는 말은 영어로도, 프랑스어로도, 독일어로도, 중국어로도 명사와 동사의 모습이 같거나 비슷하다. 한국어로도 '꿈을 꾸다'라고 말한다.

담담히 할머니 이야기를 마친 에밀리에게 화제를 바꾸어 중국어를 배우는 것이 힘들지는 않은지 물었다.

"모든 외국어는 다 어렵지만 중국어는 알파벳 시스템이 아니라 쓰는 데 어렵고 사성四聲까지 있어 발음 역시 어렵습니다. 하지만 저는 아버지의 조언을 머릿속에 넣어 두고 있습니다. 여러 외국어를 하시는 아버지는 외국어 공부는 천재성을 요구하는 것이 아니라, 습관처럼 해야 한다고 말씀하셨어요. 그리고 외국어를 배울 때는 가능하면 현지에 가서 '몸을 담가야 한다Immerse yourself'는 말씀도 하셨어요."

에밀리에게 상해 어느 구역에 머무는지도 물어보았다.

"여기서 전철로 한 시간 떨어진 인민광장 근처에 있는 중국인 가정에서 민박을 하고 있습니다."

나중에 안 사실은 에밀리의 부친은 뉴욕 상장사의 대주주였다.

갈매기의 꿈

1970년대 나온 '갈매기의 꿈Jonathan Livingston Seagull'이라는 책이 있다. 작가는 '조나단Jonathan'이라는 갈매기를 의인화하여 조나단으로 하여금 시공을 초월한 비행을 하게 하여 '높이 날면, 멀리 보인다'는 말의 의미를 알려준다.

우리는 늘 꿈을 꾸며 '더 나은' 것을 찾아보려고 하지만, 그런 것들이 힘들고 귀찮아지면 곧 포기하고 만다. 성경에도 '지경을 넓히리니 broaden the horizon'라는 말도 있지만 지경을 넓히는 일은 말처럼 쉽지는 않다. 용기와 담대함, 어쩌면 엉뚱함과 객기까지 있어야 자신의 지경을 넓히고 높이 날 수 있기 때문이다.

일본에서 핀란드까지 가서 카모메식당◢을 연 일본 여인도, 일찍이 1910년대 멀리 조선의 금강산까지 와서 다른 세상을 본 후 자신의 땅을 UN 본부 부지로 희사한 록펠러 2세도, 평양을 떠나기로 마음먹은 김형석金亨錫 박사도 높이 날아 멀리 보고 싶은 마음의 생동력이 있었기 때문에 그런 결정을 할 수 있었던 것이다.

중요한 결정은 시시콜콜한 것을 다 따진 후 내리지 않는다. 역사의 기로에서 제대로 판단한 분들은 함부르크에서 빌려준 돈을 받는 것보다 곧바로 독일을 탈출하는 것이, 평양에 있는 할아버지가 물려주신 기와집을 지키는 것보다 바로 남쪽으로 내려가는 것이 옳다고 보고 실천한 것이다. 집착을 버린 포기는 성공으로 가는 첫 번째 관문이 된다.

결국 가장 중요한 것은 이것저것을 따지는 것이 아니라 '하냐! 마냐!'를 결정하는 것이지 않을까?

◢　카모메(かもめ, 鷗)는 일본어로 갈매기를 의미

딱따구리

· 啄木鳥 탁목조 ·

　　어릴 적 친구는 세월이 흐른 후에 만나도 바로 말을 트고 이야기하게 된다. 옛 친구를 만났는데 말을 트기 거북한 경우가 드물게 있다. 성직자가 된 친구를 만날 때다. 첫마디에 "야~ 오랜만이다!"가 입에서 쉽게 나오지 않는다. 그렇게 말하면 성직자가 된 친구를 모독하는 것 같기도 하고 스스로도 불경스러워지는 것 같기도 해서다.

　　어릴 적 같이 놀던 벗이 어느 날 출가하여 불가에 입문한 후 '상오常悟'라는 법명을 받고 스님이 되어 강원도 어느 사찰에 있다는 말을 들었다. 다른 친구를 통해 상오 스님의 전화번호를 챙겨 두었지만 호칭을 뭐라고 해야 할지 몰라 선뜻 전화를 걸지 못하다 상오 스님이 머무는 사찰 근처에 갈 일이 생겨 조심스럽게 상오스님에게 전화를 걸었다.

"상오 스님, 제가 기억나시는지? 수행에 방해가 안 된다면 잠시 차 한 잔 하실 수 있을지요?" 그는 의외로 껄껄 웃으며, "여기는 목탁 소리와 딱따구리가 나무 쪼는 소리밖에 없는 곳인데 반갑네. 어서 와!"

상오 스님은 자신은 늘 공부하는 학승이라 '늘 깨우치라'는 의미의 상오常悟라는 법명을 받았다고 했다. 그는 예나 지금이나 총명했고 언어는 정갈했다. 세속 사정에도 밝았다.

그는 자신의 법명에 들어 있는 상常 자를 먼저 설명했다. "常은 '언제나'를 의미하네. '밤이나 낮이나, 비가 오나 눈이 오나, 남자이거나 여자이거나, 젊어서나 늙어서나, 돈이 있을 때나 없을 때나를 구분하지 않는 것이 常이지.

언제나 한결같은 사랑? 언제나 한결같은 믿음? 말은 쉽지만 실천은 쉽지 않지. 쉽게 도달할 수 없는 가치인 常을 불가에서는 최고의 가치로 친다네. 아니 세속에서도 그렇더만. 어느 음료 회사도 자신들의 상호 앞에 '올웨이즈always'를 쓰더구만. '뚤레주르tous les jours'도 비슷한 뜻이라고 들었네.

그리고 悟는 '깨닫다'는 뜻이니 상오라는 법명은 '늘 깨우치라'는 뜻이 되지."

딱따구리가 쪼는 이유

상오 스님에게 묻기는 쉽지만 답하기 어려운 질문 하나를 했다. 딱따구리가 왜 나무를 쪼는지 물었다.

"지금 밖에서 '도도도' 하는 소리 들리지? 저 소리는 딱따구리가 나무 쪼는 소리라네. 암컷의 소리일까? 수컷의 소리일까? 내가 산에 오래 머물다 보니 알게 되었네만 지금 저 소리는 쪼는 리듬과 강도로 보아 수컷의 소리라네.

딱따구리는 여러 개의 나무에 집을 짓는데 그 중 하나를 골라 살지. 어느 집에서 사느냐는 암컷과 의논해서 고른다네. 살지 않는 나머지 집에는 다른 새들도 들어와서 살고 다람쥐도 살게 되지. 딱따구리 부부는 장맛비가 쏟아져도 빗물이 들이치지 않는 동북향에 구멍을 파는데 우연히 구멍 내부를 본 적이 있었네. 진흙으로 발라 놓아 아늑한 느낌을 주더라고. 딱따구리는 부부가 하루 종일 교대로 알을 품는데 수컷이 품는 시간은 암컷의 세 배 이상이라네. 수컷이 암컷과 새끼를 위해서 보이는 지극정성은 말로는 다 표현할 수 없다네."

상오 스님은 딱따구리 수컷이 지극정성으로 가족을 살핀다는 사실을 알고 나서는 딱따구리 수컷을 '딱서방'이라고 부른다고 했다.

"딱서방이나 나나 산속에서 나무를 두드리면서 전생의 업을 소멸하는 입장이라 딱서방과는 각별한 인연을 느낀다네. 전생의 업을 의미하는 카르마^{karma}라는 말도 들어보았을 거야. 딱따구리는 저렇게 실컷 탁목啄木을 하면서 카르마를 씻어내고 다음 생을 맞이하는 것이지. 어떤 이는 딱따구리가 업을 빨리 소멸하고 싶은 욕심으로 스님보다 먼저 일어나 나무를 쪼는 것이라고 농담도 하지만 딱따구리와 중은 산속의 도반道伴일 뿐이지.

그 후 딱서방 이야기가 책으로 나왔다고 해서 반가운 마음에 읽어 보았는데 또 다른 깨달음을 얻게 되었네. 그 책을 쓴 분의 선친도 목수일을 하셨다고 들었고, 속가에서 내 선친도 목수일을 하셨지 않았나? 또 자네 이름에도 나무 목木 자가 들어가 있으니 인연일세."

어릴 적 속명俗名이 입에서 금방이라도 튀어나오려는 것을 참고 그냥 '상오 스님'이라고 불러가며 대화를 이어갔다. 흔히 말하는 '무드'를 깨지 않고 스님의 불교 철학을 더 듣기 위해서였다.

전생의 업을 말하는 그에게 인연因緣의 의미에 대해서도 물었다.

"인因 자는 대大 자가 상자口 안에 들어간 형상이지? 아무리 큰 것도 상자 안에 갇히면 꼼짝 못 하고 순응할 수밖에 없다는 뜻이지.

《큰 오색 딱따구리의 육아일기》, 김성호 저, 2014

콩을 심으면 콩이, 팥을 심으면 팥이 나오지? 이건 피할 수 없는 현상이야. 콩을 심는 행위가 인因이라면, 심은 콩이 커서 다시 여러 개의 콩으로 나오는 현상을 과果라고 하지. 마찬가지로 딱따구리 알에서는 딱따구리 새끼가 나오지. 그게 다 '인과의 법칙'이야.

그런데 '연緣'은 '실사系' 변으로 되어 있어. 실은 가늘어서 멀리서 보면 보이지 않아. 그래서 '연'은 '보이지 않는 이유'를 의미하지. 우리가 흔히 하는 말로 '아무리 그래도 어떻게 그런 일이 생겼을까?'라는 말은 연과 관계가 있다고 보아야 하겠지."

인因은 쉽게 이해가 가는데 연緣은 생각을 많이 해야 할 것 같다고 말하니 상오 스님은 이렇게 말했다.

"그럴지도 모르겠군. 이 시각에 어느 중이 목탁을 치는 것도, 저 딱따구리가 나무 쪼는 소리를 내야 하는 것도, 오늘 이 시간에 우리가 여기서 만나 이야기하는 것도 연이 닿아야 가능한 일이지. 이 모든 것들은 긴 영겁永劫의 시간 속에서 보아도 딱 한 번 있는 짧고 귀한 사건들이라네.

우리가 사진 찍을 때 '찰칵'이라는 말을 쓰지? 찰칵은 원래 '찰각'에서 나온 말인데 찰나의 '찰刹' 자와 시각의 '각刻' 자를 합해서 만들어졌지. 찰칵은 아주 짧은 순간을 의미하지. 이 모든 것이 찰칵이야, 찰칵! 삶이 짧다는 것을 깨달아야 '참된 나'를 볼 수 있는 것이라네."

대모산에서 처음 들었던 딱따구리의 '나무 쪼는 소리'가 강원도 산골에서는 '깨달음'으로 다가왔다.

무름과 단단함

딱따구리를 한자로는 나무를 쫀다는 의미로 탁목조啄木鳥라고 한다. 영어로도 마찬가지 의미로 '우드펙커woodpecker'라고 한다. 알고 보면 딱따구리가 나무만 쪼는 것은 아닌 것 같다. 1995년 어느 날 미국의 한 신문은 "NASA는 다음 주로 예정된 우주왕복선 디스커버리Discovery호의 발사를 한 달 정도 연기했다. 딱따구리가 연료 탱크의 단열재를 쪼아 구멍을 뚫었기 때문이다."라는 보도를 했다.

우주왕복선의 발사까지 연기시키고도 딱따구리는 부리가 상하지 않고 머리뼈 손상으로 뇌진탕에 걸리지도 않는다. 그런 딱따구리의 쪼는 힘은 어디에서 나올까?

UC 샌디에이고의 조안나 맥키트릭Joanna Mckittrick 교수 팀은 "딱따구리의 두개골, 혀, 뼈의 미세 구조를 연구한 결과 딱따구리의 두개골은 예상했던 것과 달리 다른 조류에 비해 얇았지만 구조와 밀도 면에서 큰 차이가 있다고 밝히고, 두개골 뼈의 속은 구멍이 많아 충격을 흡수하기 좋았고 외부는 단단하여 헬멧과 같다."는 연구

결과를 내놓았다.

이 주장에 대하여 벨기에 앤트워프Antwerp 대학의 샘 반 바센버그Sam Van Wassenbergh 교수는 "딱따구리 두개골 뼈가 충격을 흡수하는 헬멧과 같다는 주장은 틀렸다. 딱따구리 머리는 헬멧이라기보다는 차라리 망치와 같다. 딱따구리는 뇌에 충격이 가는 임계점 이하에서만 쫀다."는 주장을 내놓았다.✒

딱따구리의 머리가 헬멧이냐 망치냐를 떠나서 딱따구리는 패러글라이딩이나 스키, 카레이싱 같은 익스트림 스포츠는 물론 산업재해를 줄이는 보호 장비를 만드는 데도 좋은 아이디어를 제공할 것으로 보인다.

딱따구리의 두개골 뼈는 경도硬度와 인장강도引張强度 면에서 탁월했다. 경도는 단단함이요, 인장강도는 잡아 늘여도 끊어지지 않는 힘이다. 사실 이 두 단어는 철강을 연구하는 재료 공학자들이 애지중지하는 용어들이다. 경도와 인장강도는 상호 모순적trade-off 관계를 가지고 있다. 하나가 세지면 다른 하나는 약해지기 때문이다.

한 재료 공학자는 이렇게 말한다. "전혀 다른 방향으로 달리는 두 마리의 토끼를 다 잡는 방법은 합금合金을 하는 것입니다. 즉 속성이 다른 원소를 어떻게 섞느냐의 문제이지요. 철과 니켈을 합하

✒ Current Biology (Volume 32) July 11, 2022

면 녹슬지 않는 스테인리스강이 되고 철을 티타늄과 합금하면 고강도강高强度鋼이 되지요."

크낙새

딱따구리가 나무를 쪼면 나무가 고사될 것으로 생각하지만 실은 나무 속에 있는 벌레들을 잡아먹어 나무가 장수하도록 도와 오히려 환영받는 새이다.

딱따구리는 세계적으로 180종이 있는데 작은 종은 보통 참새만 하고 크낙새처럼 큰 종은 암수 모두 45cm에 이른다. 세계적인 희귀조 크낙새를 포함하여 9종의 딱따구리가 한반도와 그 주변에 살고 있다.

크낙새의 생김새는 다른 딱따구리와 달리 배는 흰색이고 나머지는 검은색이지만 수컷의 경우 머리 꼭대기가 확연한 붉은색인 것이 특징이다.

수령이 200년 정도 된 고사한 소나무와 잣나무에 구멍을 뚫고 사는 크낙새는 광릉에 산다고 알려져 있으나 광릉을 여러 번 가보아도 '크으낙, 크으낙'하고 운다는 크낙새 소리는 들을 수가 없다. 현재는 북한 황해도 지역에 수십 마리의 크낙새가 살고 있다는 이야기가 들릴 뿐이다.

크낙새는 영어로 '트리스트람스 우드페커Tristram's woodpecker'라고 불린다. 크낙새Tristram가 이런 이름을 갖게 된 이유는 영국 해군이 거문도를 점령1885~1887하고 대한해협을 자유롭게 드나들던 시절 영국 선장 조지 리차즈George Richards는 크낙새 표본을 대마도對馬島에서 채집하여 영국의 조류학자인 헨리 트리스트램Henry Tristram에게 보내자 트리스트램은 이듬 해 크낙새에 자기 이름을 붙여 조류학회에 발표했기 때문이다.

그 후 크낙새는 아쉽게도 대마도에서조차 자취를 감추었다. 크낙새는 이제 '종의 다양성Species Diversity' 목록에 또 하나의 슬픈 기록을 남기고 생물 도감 속으로 숨어버릴 것 같다.

대지족對指足

고사성어 '십벌지목十伐之木'은 "열 번 찍어 안 넘어가는 나무는 없다."라는 뜻으로 사용되어 왔다. 이 말은 주로 청춘남이 마음에 드는 청춘녀를 만나면 포기하지 말고 계속 구애 할 것을 권유하는 말로도 쓰였다.

이 말을 딱따구리가 들으면 "뭐? 열 번?"하면서 실소를 금치 못할 것이다. 딱따구리는 열 번, 백 번, 아니 수천, 수만 번을 집요하게 찍고 쪼아 구멍을 뚫어 식생활과 주생활을 해결한다. 딱따구리가 쏘는 나무는 적당한 높이에 있는 적당히 무른 나무이어야 한다. 아무리 딱따구리의 부리와 뼈가 단단해도 쪼pecking 나무가 쏘 만해야 하는 것이다. 보통 무른 은사시나무나 오래된 참나무를 쏜다. 딱따구리는 찍고 쪼기에 적당한 나무를 선택하고 나면 그 후의 일은 오로지 나무를 쏘는 것이다.

딱따구리가 나무에 몸을 밀착시키고 쏘는 것에 전념할 수 있는 이유는 두개골 뼈가 경도와 인장강도 면에서 우수할 뿐 아니라 강점이 하나 더 있기 때문이다. 그것은 네 개의 발가락 중, 앞 발가락 두 개와 뒷발가락 두 개가 서로 마주 보는 형태로 되어 있다는 점이다. 이 중 두 개의 발톱은 앞에서, 나머지 두 개의 발톱은 뒤에서 나무를 꽉 붙잡고, 꼬리로는 몸을 단단히 고정시킨다.

이렇게 서로를 마주 보는 발가락을 가진 발을 '대지족對指足, zygodactyl feet'이라고 한다. 사람도 몸통이 흔들리지 않는 운동을 할 때는 발부터 고정시키는 것이 무엇보다 중요하다.

딱따구리의 대지족

페킹오더

지구상에는 약 1,500만 종의 생물체가 서식하고 있으며 150만 종이 공식적으로 등재되어 있다. 이 중 조류는 9,700여 종, 500억 마리가 살고 있다. 세계 인구가 80억 명이니 사람 한 명당 새 여섯 마리가 살고 있는 셈이다.

세상에 존재하는 생물체는 대개 같은 종끼리 어울려 유유상종 하는 삶을 산다. 생물체가 같은 종끼리 어울려 살면 모두 공평하며 평화로운 삶을 살게 될까?

유감스럽게도 같은 종류끼리 오래 있다 보면 자기들 안에서 '다름'을 찾는다. 인간의 경우 다름은 계급 같은 수직적인 것, 출신 지역처럼 공간적인 것, 나이와 같은 시간적 차이로 표현된다. 다름은 때때로 구별과 차별을 만들어 내기도 한다. 조직에서 암암리에 쓰는 "높으신 고참과 새까만 쫄따구'라는 표현이나 '찬물도 위 아래가 있다."라는 말도 그런 이유로 생겼다.

회사에 입사한 신입 사원들에게는 저 높은 곳에 있는 사장이나 임원들이 중요하지 않다. 직속 상관인 고참이 중요하다. 고참이 신참을 조금 세게 담금질을 하는 것을 '쫀다'고 말한다. "엄청 쪼아

호주 University of New South Wales의 Corey Callahan 박사 팀은 최근 '미 국립학술원 회보' 논문에 "세계의 새 9,700종의 개체 수는 500억 마리로 나타났다."라고 밝힌 바 있다.

대!"라는 말도 그렇게 나온 것이다.

'쫀다'라는 표현은 원래 새들의 것이지만 인간이 차용하여 쓰고 있는 것이다.

조류학자들은 닭을 비롯한 새들을 관찰하면서 강한 놈이 약한 놈을 부리로 쪼고, 쪼인 놈은 이어서 자기보다 약한 놈을 쫀다는 사실을 발견하였다. 새들이 이런 식으로 수직적 위계 질서를 잡는 것을 보고 '페킹오더 pecking order'라는 용어를 만들어 냈다. 페킹오더의 상단에 있는 새는 늘 쪼고 하단에 있는 새는 항상 쪼이면서 어렵게 살아간다.

인간 집단은 그래도 좀 나은 편이다. 인간 사이에서는 기본적인 인사 예절, 특히 언어 예절만 잘 지켜도 불필요한 페킹은 당하지 않기 때문이다. 인간 집단에서는 일단 페킹오더가 잡히고 나면 내부에 질서가 잡히게 된다.

인간을 비롯한 모든 생물체 사이에는 인력引力과 척력斥力의 문제가 발생한다. 인력은 당기는 힘, 척력은 밀어내는 힘이다. 인간 사회에서는 인력을 발휘하지는 못해도 불필요하게 척력을 행사할 필요는 없다. 정치인 중에는 사람을 끌려고도 하지만, 때로는 일부러 적을 만들어 상황을 '친구와 적'의 구도로 만드는 테크닉을 구

정치학에서는 '친구와 적'을 표현하기 위해 독일어 '프로인트 운트 파인트(Freund und Feind)'를 사용한다

사하는 사람들도 있다. 이러한 편 가르기는 자신들의 정치적 자산을 만들어 내기 위한 비루한 몸부림일 뿐이다.

사람을 잘못 쪼아 상대방이 척력을 느끼면 후환이 있을 수 있다. 별 볼 일 없는 듯한 사람도 훗날 나름대로의 강점과 네트워크로 무장하고 복수의 기회를 엿보기 때문이다.

짧은 인생, 불필요한 악연을 만들 필요가 있을까?

올빼미

· 梟효 ·

어머니가 동진강_{東津江}가에서 밭일을 하다 낳은 아들인 동진이는 초등학교를 졸업할 무렵 선한 미소를 남기고 가족과 함께 고향을 떠났다.

그 후 동진이의 안부가 늘 궁금했지만 그의 연락처를 아는 친구가 없었다. 그런 동진이를 다시 만나게 된 것은 다소 극적이었다. 늦은 시간 택시를 타고 귀가하던 중 기사님과 일상적인 대화를 주고받았다. 돈벌이는 괜찮은지, 야간 운전이 힘들지는 않은지 같은 내용이었다. 기사님의 말 중에 의미심장한 내용이 있었다.

"제가 원래 시골에서 올빼미하고 놀던 사람이라 밤에 일을 해도 끄떡없습니다. '암시랑 안 혀요'(괜찮습니다)." 그의 말은 호남 평야의 북부 사람들이 쓰는 사투리였다. 뭔가가 직감적으로 느껴져 그의 이름을 물었다.

"저요? 이동진이라고 허넌디(하는데)…"

차를 가까운 편의점 앞에 대고 서로의 얼굴을 확인한 후 악수를 했다. 그리고 악수한 동진이의 손등을 보았다. 어릴 적 동진이는 옥 거리에 있는 팽나무 속 올빼미 둥지에서 올빼미 알을 꺼내려 손을 집어넣었다가 알을 지키던 어미 올빼미에게 손등을 쪼인 일이 있었다. 동진이가 올빼미에게 쪼여 생긴 상처를 알만한 친구들은 다 알고 있었다.

팽나무 속 올빼미

동진이와 같이 살던 동네인 만경에는 백제 때부터 성城이 있 었다.

만경성萬頃城은 만개의 고랑에서 거두어들인 곡식들을 외부의 침입으로부터 지키려고 만든 것이었다. 여섯 개의 우물을 가진 만 경성은 작고 아름다운 '읍성邑城 국가'였다. 천 년의 역사를 품었던 만경성이 이끼 낀 돌 몇 개를 남기고 완전히 모습을 감춘 것은 조 선조가 막을 내렸던 1910년 무렵이었다.

옛날 만경에 성이 있었다는 사실은 천 년의 습기를 머금은 돌들 이 가끔 옛 성터에서 굴러 나오고, 옛 성터 주변에는 지금도 팽나무들이 많다는 점이다. 옛사람들은 성을 다 쌓은 후 성 옆에는 으레 팽나무를 심었다. 현재 있는 팽나무들은 그때 심었던 팽나무들의 후손일 것이다. 옛 성문 근처에는 감옥監獄이 있었음을 짐작케 하는 '옥獄거리'가 있다. 감옥이 성문 근처에 있는 이유는 감옥을 성안에 두기도, 성 밖 너무 멀리에 두기도 어려웠기 때문일 것이다.

성의 흔적은 언어에도 남아 있다. 동네 사람들에게 "집이 어디냐?"라고 물어보면 "선바끄(성 밖에) 말모동(말 무덤)."이라고 답한다. 아직도 사람들의 머리 속에는 성안과 성밖이 남아 있고, 말의 무덤도 있다.

동진이의 손등을 쪼았던 올빼미가 살던 팽影나무는 그때 이미 마을의 '노거수老巨樹'였다. 어떤 이는 그 고목을 조선 세종 때 심었다고 하기도 하고 또 다른 이는 백제 때 심은 나무의 자식이나 손자 나무라고도 했다. 나무가 늙다 보니 나무 중간 부분에 공이가 생겼고 공이가 빠진 곳에는 큰 구멍이 생겨 올빼미들이 그 구멍 속에 자리를 잡고 자자손손 살아왔던 것이다.

올빼미가 살던 구멍에 바람이 스치면 '휘이~잉'하는 음산하고 을씨년스러운 소리가 나기도 했다. 팽나무에서 나는 바람 소리가 우물가까지 들릴 때면 동네 아낙들은 '폐병 걸린 그 아저씨의 명이 다 된 것 같다'와 같은 말을 수군거리다가 이내 '말이 씨가 될까봐' 입을 닫곤했다.

올빼미가 살던 팽나무 구멍은 적어도 한국 전쟁 전에도 있었던 것 같다. 한국 전쟁이 터지자 당시 마을에서 먹물이 든 사람들은 중국군 사령관의 이름이 팽덕회彭德懷라는 사실을 알게 되자 팽나무에서 '피애~앵'하는 괴이한 소리가 나는 것을 들었다고도 했다. 당시 불안한 시간을 보내던 마을 사람들의 순진한 마음에 연민이 느껴진다.

아울-owl

영어권에서는 올빼미와 부엉이, 소쩍새까지를 묶어 '아울-owl'이라고 부른다. 사실 부엉이와 소쩍새는 모두 올빼미목에 속하는 새들이다. 부엉이鵂,효는 올빼미梟,효와 사촌이지만 생김새가 조금 다르다. 귀깃ear tuft의 여부로 따져 머리 양쪽이 귀깃 때문에 ㅂ자로 보이면 부엉이, 귀깃이 없어 ㅇ자로 보이면 올빼미다. 한국어에 '올'자가 들어가는 단어는 대체로 둥근 것을 묘사하는 경향이 있다. '올챙이'도 그 예이다. 참고로 ㅅ자가 들어가는 말은 뾰족한

'ㅇ'자 모양의 올빼미

'ㅂ'자 모양의 부엉이

것을 묘사한다. '산'이나 '송곳'이 예가 될 것이다.

　중국에서는 올빼미를 고양이 얼굴을 한 새라는 의미로 '마오토우잉猫頭鷹, 묘두응'이라고 부른다. 또한 고양이를 의미하는 '마오猫'의 발음이 70세 노인을 칭하는 '마오耄'와 같다고 하여, 이름에 '마오猫'가 들어 있는 올빼미를 고양이와 함께 70세의 상징으로 친다. 그런 이유로 중국에서는 70세가 되는 노인에게 올빼미 그림이나 장식물을 고희古稀 선물로 주는 전통이 있다.

　일본인들도 올빼미 장식을 어르신들께 선물한다. 그 이유는 '올빼미梟'라는 일본어 발음이 복을 부른다고 믿기 때문이다. 올빼미梟는 일본어로 '후쿠로우ふくろう'라고 하는데, 고생스럽지 않다는 뜻의 '不苦労ふくろう'와 복이 많은 노인이라는 의미의 '福老ふくろう'와도 발음이 같다.

스텔스 비행

　올빼미와 인연이 있는 동진이에게 팽나무 속에 살던 올빼미의 크기에 대해서 물었다. "그 올빼미는 다 큰 놈인데 어른 팔뚝만 한 크기에 몸무게는 한 근600g 정도였지. 그때 보니 알을 서너 개를 낳는데 한 달 정도 품더라고. 내 손을 쫀 놈은 알을 품고 있었으니 암컷일 거야. 닭이 3주를 품는데 얘는 조금 더 길어."라고 말했다.

 자연에서 날아다니는 것 중 낮의 포식자가 매라면, 밤에는 올빼미가 최상위 포식자이다. 올빼미가 밤의 강자가 된 핵심 경쟁력은 밤에 활동하기 좋게 진화한 올빼미 망막의 간상세포 덕분이다. 간상은 '막대기' 형상이라는 뜻이다. 간상세포는 약한 빛을 감지하여 사물의 윤곽을 잡아내는 적외선 카메라와 같은 기능을 한다.

 발달된 간상세포와 더불어 올빼미가 지닌 또 한 가지 경쟁력은 360도 가까이 돌릴 수 있는 목을 가지고 있다는 점이다. 게다가 눈을 감을 때도 두 눈을 한 번에 감지 않는다.

 올빼미의 경쟁력은 청력에도 있다. 두 귀의 높낮이를 달리하여 상·하의 소리를 민감하게 듣는다. 반면, 올빼미 자신은 목표물을 향해 비행할 때 일체의 소리를 내지 않는다. 날개에 솜털이 많기 때문에 바람 가르는 소리조차 내지 않는 '스텔스 비행'을 하기 때문이다.

 올빼미의 마지막 무기는 긴 다리이다. 올빼미나 부엉이의 다리는 털에 가려 언뜻 짧아 보이지만 낙타의 다리처럼 세 부분✎으로 되어 있어 사냥물을 긴 다리로 쉽게 움켜쥔다. 게다가 올빼미는 잘 진화된 날카로운 부리와 발톱까지 지녀 목표물을 '조용히 그리고

✎ 세 부분은 대퇴골, 경골, 부척골을 의미한다. 경골은 종아리 안쪽에 있는 뼈, 부척골은 종아리뼈에 해당한다.

삽시간'에 낚아채 버릴 수 있다.

올빼미와 쥐

만경에 사는 한 친구가 전하는 말로는 팽나무에 살던 올빼미 가족은 이제 자취를 감추었다고 한다. 그 이유를 묻자 "쥐약이 다 죽였어…"라고 말하는 것이었다. 올빼미의 먹이가 되는 쥐가 쥐약을 먹고 죽는 통에 쥐를 주식으로 하는 올빼미로서는 더 이상 살 길이 없었다는 이야기였다.

올빼미가 떠난 팽나무 주변은 더 이상 무서울 것이 없는 까치와 까마귀들이 싸움판을 벌여 여간 시끄럽지 않다고 한다.

팽나무에 올빼미가 살던 시절에는 논바닥에 미꾸라지, 우렁이와 참게가, 밭에는 쥐와 뱀이 살면서 서로 먹고 먹히는 과정을 통해 생태가 전체적으로 균형을 이루었다. 그 후 얼마 안 되어 논밭에는 해충을 잡는다는 농약이 살포되고 쌀가마니를 물어뜯어 곡식을 축낸다는 쥐를 적으로 삼아 쥐잡기를 시작했다.

당시에는 들녘에도 쥐가 많았다. 겨울철 들녘의 밭둑에 있는 쥐구멍에 마른 고춧대를 집어넣고 불을 붙이면 연기를 견디지 못한 쥐들이 구멍에서 튀어나왔다. 먹을 것이 귀한 때라 튀어나온 쥐를 잡아 뒷다리를 구워 먹기도 했다.

그 시절 초등학교 학생들은 덫으로 잡은 쥐의 꼬리를 잘라 학교에 '제출'하기도 했다. 한국에도 쥐와 참새를 소탕할 목적으로 중국의 '제사해 운동除四害運動'을 방불케 하는 '쥐 잡이 캠페인'이 있었다.

중국에서는 '제사해 운동'이 실패로 끝난 후 "상유정책, 하유대책上有政策, 下有對策."이라는 말을 자주 사용하기 시작했다. 위에 정책이 있으면 아래에는 대책이 있다는 말로, 정책에 문제가 있으면 대책을 세워서라도 문제를 해결해야 한다는 말이었다.

당시 한국 정부에는 마구잡이 농약 살포와 '쥐잡이 캠페인' 같은 양곡 증산을 위한 '정책'은 있었지만 올빼미나 올빼미의 주요 양식인 쥐에 대한 생태적 '대책'은 없었다. 어쩌면 그때는 생태에 대한 인식 자체가 없었는지도 모른다.

올빼미들은 주식으로 섭취하던 쥐들이 귀해지자 대신 황소개구리까지 먹게 되었다. 어떤 이는 "그거 잘 되었다. 그동안 황소개구리가 문제였으니…"라고 말하기도 한다. 이 말을 들으니 올빼미들이 걱정된다.

올빼미는 쥐와 같이 털이 있는 동물을 먹고 나면 털이나 뼈를 알갱이 형태로 토해내는 데 이 알갱이는 '펠릿pellet'이라고 부른다. 올빼미가 털이 없는 황소개구리를 먹고 펠릿을 뱉어내지 못하면 신진대사에 문제가 발생할 수도 있기 때문이다.

그동안 황소개구리 같은 외래 생물들이 들어와 생태를 교란한다고 해서 '생태교란종'이란 이름을 붙이고 TV에서 생태교란종에 대한 경각심을 높이는 특집 방송을 하기도 했다. 생태교란종에는 황소개구리와 배스, 블루길이 꼽히고, 또 한편에서는 우리의 가물치와 다람쥐가 미국으로 건너가 그쪽의 생태를 교란시킨다는 이야기를 한다. 생태 교란도 글로벌 시대에 맞게 상호 교차적으로 이루어지고 있다는 생각이 든다.

단종과 소쩍새

올빼미^{owl}목에 속하는 소쩍새의 구슬픈 울음소리를 듣게 된 것은 강원도 영월에서 하룻밤을 묵게 된 어느 봄날 밤이었다. 처음 듣는 소리라 그 동네 출신 건택建澤이에게 무슨 새의 소리인지 물었다.

건택이는 단종✒이 소쩍새 울음소리를 듣고 지은 시 한 수를 소개하며 설명을 해주었다.

✒ 조선의 제6대 국왕 단종(端宗, 1441~1457, 재위 1452~1455), 조선이 건국된 지 60년 만에 11세의 나이에 왕이 되었으나 권력 투쟁에 희생이 되어 16세의 나이에 세상을 하직한다. 단종은 세상을 떠나기 전 노산군(魯山君)으로 강등된 자신을 소쩍새에 비유하여 애절한 시 한 수를 남겼다. 이 시를 '자규시(子規詩)'라고 부른다. 자규(子規)는 소쩍새를 말한다.

"첫 부분을 기억하는데 이런 내용이지요. '원한 맺힌 한 마리 새가 궁중을 나와, 깊은 산속 외톨이 신세가 되었네. 밤이면 밤마다 잠을 청해도 잠은 안 오고…' 생각해 보면 한국사에서 가장 비참했던 왕이 가장 슬피 우는 새의 울음소리를 듣고 쓴 시라고 볼 수 있지요."

사람은 자신의 처지에 따라 같은 소리도 다르게 들린다. 하물며 왕위에서 쫓겨난 어린 왕은 강원도 산골에서 한밤중에 우는 소쩍새 소리를 듣고 견딜 수 없는 외로움과 괴로움을 겪었으리라.

올빼밋과 새 중에 20cm 정도의 작은 몸집을 가진 소쩍새는 뻐꾸기가 오는 시기인 4월경 인도와 동남아시아에서 날아와 10월까지 머물다 간다. 소쩍새가 와서 울기 시작하는 4월은 누구나 배를 곯던 춘궁기였다. 배고프고 고달픈 산골 생활 속에서 울어대는 소쩍새의 구슬픈 '소쩍소쩍' 울음소리는 듣는 사람을 한없는 서러움에 복받치게 만들었을 것이다.

건택이는 그 동네 사람들 사이에 내려오는 소쩍새가 구슬프게 울게 된 전설 하나를 들려주었다.

적은 솥으로 하루 한 번만 밥을 하라는 시어머니의 말을 따르던 며느리가 식구들의 밥은 다 챙기고 자신은 '솥이 적어' 밥을 먹지 못했다. 늘 배를 곯던 며느리는 이내 죽고 말아 소쩍새로 환생한 후 '솥

이 적은' 것을 원망하여 '솥적솥적'하고 우는 소리를 냈다. 그 후 소
쩍새 우는 소리를 곰곰이 들은 마을 사람들은 며느리의 한을 조금
이라도 달래보려고 한 맺힌 '솥적솥적'이란 말 대신 '소쩍소쩍'으로
바꾸어 말하게 되었다.

이 이야기를 만든 산골 사람들의 창의성이 놀랍기만 하다.

올빼미와 썩은 쥐

올빼미가 쥐를 먹다 보니 2,300년 전 중국 철학자 장자도 올빼미
와 쥐를 소재로 삶의 가치를 이야기했다. 그 내용을 소개한다.

혜자惠子가 양梁나라의 재상을 할 때 누가 다가와 "장자가 당신
을 밀어내고 재상이 되고 싶어한다."라고 말했다.

이 말을 듣고 놀라고 두려워하는 혜자에게 장자는 이렇게 말한
다. "저 남쪽 나라에 영원히 늙지 않는 원추라는 새가 살고 있소. 원
추는 오동나무가 아니면 앉지 않고 먹구슬 열매가 아니면 먹지 않
으며 감로수甘露水가 아니면 마시지 않소. 한번은 썩은 쥐를 움켜쥐
고 있던 올빼미가 원추가 날아가는 것을 보고 위를 향해 소리를 질
렀소. 지금 그대도 양나라 재상 자리를 빼앗길까 두려워 나에게 소
리를 지르는 것이 아닌가?"

오늘날 세상 사람들은 부정한 돈, 권력의 획득, 성매매, 마약과 도박 같은 썩은 쥐에 탐닉하여 헤어나지 못 하는 일이 비일비재하다. 세상 사람들이 세상에서 갈등葛藤과 질시嫉視, 반목反目을 일으키는 것은 모두 썩은 쥐를 움켜잡으려 하기 때문일 것이다.

썩은 쥐를 영어로 번역한다면 부패corruption가 될 것이다. 말레이시아의 수상을 지냈던 마하티르 박사는 "부패corruption는 속성상 은밀함과 전염성이 있어 '끼리끼리 해 먹는다'라는 의미의 크로니즘cronyism까지 만연하게 만듭니다."라고 말했다.

썩은 쥐를 움켜쥔 사람이 갑자기 몸을 세워 "나는 지금부터 백성을 위한 정치를 하겠다."고 선언한다면 지도자가 될 수도 있을까?

The Wit & Wisdom of Dr. Mahathir Mohamad, p39

뻐꾸기

제비

꾀꼬리

기러기

독수리

PART 4

세계를 여행하는 새

뻐꾸기

· 杜鵑 두견 ·

우리는 뻐꾸기를 잘 아는 새라고 생각하기 십상이다. 아마 뻐꾸기가 다른 새들보다 우리 생활 가까이 있는 것처럼 느껴지기 때문일 것이다. '뻐꾸기시계'와 '뻐꾸기 밥솥'이라는 상표가 있고, '뻐꾸기를 날린다'는 속어까지 사용하는 탓에 뻐꾸기를 주변에 사는 텃새로 오해하기 쉽다.

우리는 뻐꾸기목 두견과에 속하는 30cm 정도의 체장을 가진 뻐꾸기를 날씬한 멧비둘기와 착각하기도 하고 뻐꾸기가 여름 철새라는 사실조차 모르는 경우도 있다.

진달래가 필 때 울기 시작하는 뻐꾸기는 동아프리카 탄자니아와 케냐, 더 남쪽으로는 모잠비크에서 한국으로 날아와 5월부터 8월까지 머무는 여름 철새라는 환경부 철새연구센터의 최근 발표가 있었다. 이 센터는 뻐꾸기가 사하라사막 이남 동아프리카에서 인도, 미얀마, 중국을 거쳐 1만 km를 날아온다는 이동 경로도 발표하였다.

10,000km라면, 사람이 비행기를 타도 '자다 깨다'를 두 번은 해야 하는 지루한 거리이다. 뻐꾸기가 아프리카로 돌아갈 때도 10,000km이니 왕복 이동 거리는 당연히 20,000km이다.

이 센터의 조사 결과 뻐꾸기는 번식지인 한국으로 이동하는 봄에는 51일에 걸쳐 하루 평균 232km를 비행하였다. 가을철 월동지인 아프리카로 돌아갈 때는 올 때보다 더 오래 걸렸는데 77일에 걸쳐, 하루 142km를 이동하였다.

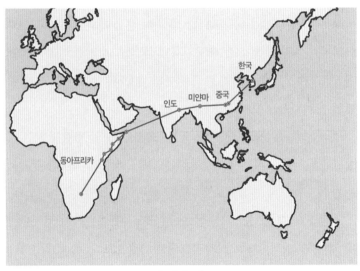

뻐꾸기 이동경로

뻐꾸기가 철새라는 사실도 놀라웠지만 뻐꾸기가 아프리카에서 온다는 사실이 신기하기만 했다. 우선 뻐꾸기의 이동 경로에 대한 충격적 발표를 한 철새연구센터에 사실을 확인하고 관련 정보를 알아보았다.

센터의 한 연구원은 뻐꾸기 다리에 고유 넘버가 있는 금속 가락지를 부착하고 뻐꾸기의 등에는 전파 발신기를 부착해서 왕복 이동 경로를 파악했다고 한다.

'뻐꾸기'와 한·중·일 사람들

세상의 많은 이야기 중에는 곤충 못지않게 새들도 많이 등장한다.

늦은 봄 산 너머에서 들려오는 '뻐꾹 뻐꾹' 2음절 3박자 뻐꾸기 울음소리는 슬프고 처연하게 들린다. 뻐꾸기 울음소리는 한국인이나 일본인, 중국인에게도 모두 같은 느낌으로 들렸을까?

뻐꾸기가 오고 진달래가 필 때는 한국과 일본은 춘궁기였다. 옛 일본 사람들은 춘궁기에 우는 뻐꾸기 울음소리를 들으면 쓸쓸함과 적막함이 마음에 남았던 것 같다. 일본인들이 쓰는 '뻐꾸기가 운다'라는 표현은 한국에서 장사하는 사람들이 쓰는 '파리 날린다'에 비견되는 말이다. 그래서 그런지 일본에는 뻐꾸기시계보다 비둘기시계가 많다.

이 경우 중국 속담에서는 뻐꾸기 대신 까마귀와 참새로 언급한다. 중국어로 쓸쓸하고 적적하다는 표현은 '아작무성 鴉雀無聲'이라고 한다. '까마귀나 참새도 없이 조용하다'는 뜻이다.

뻐꾸기가 여름 철새라는 사실을 알게 된 후에는 평안도 사투리인 '가을 뻐꾸기 헛소리한다'는 말이 생각나 평안도 출신 어른께 구체적으로 언제 쓰는지를 물었다. "가을에는 뻐꾸기가 없는데 무슨 소리냐는 뜻입니다. 허무맹랑한 말을 하는 사람에게 쓰는 말이지요."

중국인들은 뻐꾸기를 '두견 杜鵑'이라고 부르고 뻐꾸기가 울 때 피는 진달래꽃은 '두견화 杜鵑花'라고 불렀다. 뻐꾸기는 당나라 시인 두우 杜佑, AD 735~812의 시에 자주 등장한다. 두우는 이승을 하직하는 사람들이 많은 봄철의 시린 슬픔을 뻐꾸기를 통해 표현하였다.

동시대 시인 두보 杜甫, AD 712~770 역시 그의 시에 뻐꾸기를 자주 담았다. 두보는 뻐꾸기 우는 소리를 음차하여 '포곡 布穀'이라고도 불렀다.✐ 씨 뿌리는 봄에 뻐꾸기가 우는 것을 비유하여 '뿌린다'는 의미의 포 布 자와 곡식의 곡 穀 자를 써서 '포곡'이라고 한 것이다. 뻐꾸기는 일찍이 두 杜 씨들과 인연을 맺고 원래의 이름 견 鵑에 두

✐ 두보는 두견행(杜鵑行)이라는 시를 통해 유폐된 당 현종(唐 玄宗)의 처지를 두견새에 비유하여 애석해하기도 했다. 때로는 포곡에 곡(穀) 대신 역시 곡식을 의미하는 숙(穀)을 쓰기도 한다.

씨라는 성을 얻게 된 것이다.

뻐꾸기의 울음소리를 '꾸어 공'으로 들은 중국인들도 있었다. 그들은 뻐꾸기를 곽공郭公으로 표기하였다. 사람의 성인 곽郭에다 점잖게 공公까지 붙여 의인화한 것이다. 뻐꾸기가 많이 머무는 사천성 출신의 곽말약郭沫若, 1892~1978, 중국 문학가 선생도 틈만 나면 뻐꾸기 이야기를 했다. 뻐꾸기는 그렇게 사천성의 두 씨, 곽 씨와 인연을 맺게 되었다.

일찍이 중국에서 건너온 두 씨들이 금만평야의 만경 땅에 집성촌을 만들었다. 그 후 두씨 집성촌은 두씨들이 만경을 떠난 후에는 곽씨들이 이어받아 곽씨 집성촌을 이루었지만 그들 역시 만경 땅을 떠났다. 따뜻한 봄이 되면 만경 땅 능제방죽 건너에서 들려오는 뻐꾸기 소리가 강원도 산속의 뻐꾸기 소리보다 조금 빠르고 급하게 들리는 이유는 '씨를 빨리 뿌려라'라는 두보의 시가 떠오르기 때문이리라.

포곡이라는 표현이 나오는 두보의 시 일부를 소개한다.

농가는 하늘을 보며 빗물이 마르는 것을 애석해하고
뻐꾸기는 곳곳에서 봄날 씨 뿌리기를 재촉하네
田家望望惜雨乾 (전가망망석우건)
布穀處處催春種 (포곡처처최춘종)

일본인들 역시 뻐꾸기를 중국식 표기인 곽공을 그대로 쓰고 '갓고ᵏカッコウ'라고 발음하였다. 그들은 중국인이나 한국인들처럼 뻐꾸기를 '두견'으로도 불렀지만 '우는 계절이 되어야 운다'는 뜻에서 '시조時鳥'로도 불렀다.

일본인들은 일본 전국 시대 세 영웅의 성격을 뻐꾸기를 등장시켜 묘사하기도 하였다.

울지 않으면 죽여주마 鳴かぬなら 殺してしまえ

— 오다 노부나가織田信長

울지 않으면 울려주마 鳴かぬなら 鳴かせてみせよう

— 도요토미 히데요시豊臣秀吉

울지 않으면 울 때까지 기다리마 鳴かぬなら 鳴くまで待とう

— 도쿠가와 이에야스德川家康

탁란托卵

프랑스 속담에 "사람이 만들 수 없는 것은 없다. 단, 새 둥지만 빼고."라는 말이 있다. 그만큼 새가 둥지를 정교하게 짓는다는 뜻이다.

하지만 아프리카에서 날아왔다가 다시 아프리카로 돌아가야 하는 뻐꾸기는 스스로 둥지를 지어 알을 품고 부화시켜 새끼를 키우지는 못한다.

알을 품을 수 있는 둥지가 없는 뻐꾸기는 자신들의 알을 2주 정도 다른 새의 둥지에 맡겨 부화시키는 탁란을 한다. 영어에 '뻐꾸기 둥지cuckoo's nest'라는 표현이 있기는 하지만 본뜻은 뻐꾸기 둥지가 아닌 '정신병원'을 의미하는 말이다.

뻐꾸기의 얌체 같은 탁란 방식을 영어로는 기생寄生한다는 의미로 '브루드 패러시티즘brood parasitism'이라고 한다. 사실 뻐꾸기만 탁란하는 것이 아니라 100여 종의 새가 탁란한다. 더구나 뻐꾸기 종류가 다 탁란하는 것도 아니다. 뻐꾸기 120종 중 30종 정도가 탁란할 뿐이지만 어찌 된 셈인지 뻐꾸기가 탁란의 아이콘이 되고 말았다. 심지어 독일에서는 간통하여 낳은 아이를 '뻐꾸기 새끼'라고도 한다.

뻐꾸기는 다른 새의 둥지에 알을 낳기 전에 알의 수가 차이 나지 않도록 원래 있던 남의 알을 조용히 '섭취'한 다음 자신의 알을 낳는다. 자신이 낳은 알 하나가 갑자기 큰 알로 바뀌었지만 모성애가 강한 어미 새인 붉은머리오목눈이(뱁새)나 딱새는 이유를 꼬치꼬치 따지지 않는다. 큰 알에서 태어난 뻐꾸기 새끼는 어미 새인 뱁새나 딱새보다 몸집이 커져도 붉은 입을 벌리기만 하면 어미 새가 먹이를 물어다 먹인다.

그럼 뻐꾸기는 왜 이런 떳떳지 못한 탁란을 하는 것일까? 사악

해서일까? 게을러서일까?

멀리 아프리카에서 오는 뻐꾸기는 여러 곳을 거쳐 오는 동안 체온 변화가 생겨 알을 부화시키는 데 애로가 생긴다. 왕복 120일 이상 2만km의 고단한 여행을 해야 하는 뻐꾸기가 땅 설고, 물선 곳에 버젓한 집을 스스로 짓는 것은 쉽지 않은 일이다. 더구나 집 짓는 기술조차 없으니 탁란할 수밖에 없는 것이다.

탁란하는 뻐꾸기를 비난하다 그 형편을 알게 되면 그 비난은 곧 동정으로 바뀔 것이다. "탁란! 그랬었구나… 사랑이 없어서가 아니라 말 못 할 사정이 있었구나…"

뻐꾸기의 사정을 인간에 빗대기도 한다. "형편이 얼마나 어려웠으면 자식을 입양시켰을까? 뻐꾸기나 인간이나…"하고 동정한다. 어릴 적 뻐꾸기 우는 소리를 듣고 컸다는 한 할머니가 해외 입양 한인 미술전을 보고 하신 말씀이다.

사정을 제대로 알아야 동정도 제대로 할 수 있지 않을까?

뻐꾸기가 우는 사연

그러면 여기서 한 가지 짚어 보아야 할 일이 있다. 뻐꾸기가 탁란을 한 남의 새 둥지 주위를 돌며 '우는 사연'은 무엇일까? 자식이 그리워서? 부모의 존재를 알려주려는 것은 아닌지? 여러 생각을 해 본다.

새소리도 새의 종류에 따라 다르고, 같은 종류라도 새의 개체마다 음색, 굵기, 고저, 성문이 다 다르지만 새가 소리를 내는 이유는 크게 'Song'과 'Call'로 나누어진다. 'Song'은 짝짓기를 위한 소리라 감미롭지만, 'Call'의 경우는 경계를 하기 위해 내는 소리라 날카롭다.

뻐꾸기가 새끼 둥지를 돌며 내는 울음소리는 어떤 성격으로 보아야 할까? 'Song'일까? 아니면 'Call'일까?

뻐꾸기가 왜 우는지 뻐꾸기 입장에서 한번 생각해 보자!

멀리 동아프리카 탄자니아에서 온 뻐꾸기는 부화한 새끼가 어느 정도 크고 나면 다시 탄자니아로 데리고 가야 한다. 새끼를 데리고 먼 길을 가야 하는 뻐꾸기로서는 남의 둥지에 있는 자기 새끼들이 뻐꾸기의 언어를 알아듣도록 해야 한다. 그러기 위해서는 붉은머리오목눈이의 언어가 아닌 뻐꾸기의 언어를 가르쳐야 하는 것이다. 그것이 뻐꾸기가 새끼들이 머무는 둥지 주변에서 절절하게 울어대야 하는 이유인 것이다.

새끼에게 언어를 가르쳐 놓아야 새끼가 말귀를 알아듣게 되어 어미, 아비를 따라 먼 길을 함께 갈 수 있는 것이다. 뻐꾸기가 '뻐꾸기를 날리는' 이유는 한마디로 자식교육이 목적인 것이다.

인간은 뭉뚱그려 '새가 운다'라고 말한다. 만약 새가 인간에게 한국어, 영어, 중국어, 일본어를 따지지 않고 '인간이 운다'라고 말한다면 어떻겠는가?

랭귀지는 인간에게 커뮤니케이션의 수단을 제공하기도 하지만 각자의 아이덴티티를 밝히는 첫 번째 요소가 되기도 한다. 한국인은 한국어를, 중국인은 중국어를 사용함으로써 한국인이 되고 중국인이 되는 것이다. 뻐꾸기도 '뻐꾸기 언어'를 사용할 때 제대로 된 뻐꾸기가 되는 것이다.

뻐꾸기의 경우는 뻐꾸기의 언어만 배우면 되지만 인간은 경우에 따라 외국어까지 배워야 하니 뻐꾸기보다 조금 더 고달플 수도 있다.

김뻑꾹

'뻐꾸기를 날린다'는 말은 두 가지 용도로 쓰인다. 이성에게 호감을 끌어내기 위해 달콤한 말을 하거나, 주변에 그럴싸한 감언이설을 하는 경우이다. 이 경우 뻐꾸기를 날리는 대상은 사람이지만 실제로 뻐꾸기들에게 뻐꾸기 소리를 날리는 사람들이 있다.

한국의 한 코미디언이 뻐꾸기 소리를 잘 흉내 내어 산속에서 뻐꾸기 소리를 내면 주변의 뻐꾸기들이 '웬일인가?'하고 모인다고 한다. 그는 뻐꾸기 소리를 수없이 듣고 연습한 결과 기회가 있을 때마다 뻐꾸기 소리를 흉내 내며 어른, 아이 모두로부터 사랑을 받고 있다.

사실 그보다 먼저 뻐꾸기 소리로 대중 앞에 선 재담꾼이 있었다. 민속계의 어릿광대로 불리던 김뻑꾹이다. 사람들은 지금도 그의 본명은 몰라도 김뻑꾹은 어디선가 들어 본 듯한 이름이라고 말한다. 그는 패랭이를 쓰고 짚신을 신고 무대에 올라 두 손바닥을 오므려 뻐꾸기 소리를 냈다.

그가 강원도 산속에서 뻐꾸기 소리를 내면 뻐꾸기들이 날아왔다. 그는 뻐꾸기 울음소리를 흉내 내기 위해 뻐꾸기의 생활 습관부터 철저히 공부한 다음 뻐꾸기의 울음소리를 분석했다. 그 후 그는 뻐꾸기가 새벽에 울 때와 한낮에 울 때 그 소리가 다르다는 점까지 알게 되었다.

일본에서 태어난 김뻑꾹은 어린 시절 가족과 함께 히로시마에서 원자폭탄 투하 현장을 목격하기도 했다. 그는 한국으로 돌아와 고달픈 어린 시절을 보내다 사춘기가 된 어느 날 소리꾼을 만나 소리 속에 살게 된다. 하늘이 새의 영역이고 물이 물고기의 영역이라면 소리와 무대는 그의 것이 되었다.

그는 재일동포들이 많이 사는 오사카, 히로시마, 요코하마, 나고야 공연을 가서 애절한 뻐꾸기의 울음소리를 마음껏 냈다. 그가 뻐꾸기 소리를 낼 때 그는 뻐꾸기였고, 뻐꾸기 소리를 듣는 청중 역시 뻐꾸기가 되었다. 당시 한 청중의 증언에 따르면 김뻑꾹이 내는 뻐꾸기 소리는 실제 뻐꾸기 울음소리보다 더 애절하고 청승맞게 들렸다고 한다.

인생의 애환을 담아 뻐꾸기를 날리던 김뻑꾹, 그는 얼마 전 먼 곳으로 떠났다.

궂은 역사의 뒤안길에 남겨진 재일동포들이 그의 뻐꾸기 소리를 듣고 감동하던 모습과 표정이 떠오른다.

제비

· 燕 연 ·

밀을 먹는 사람들이 '일용할 양식daily bread'이라는
표현을 쓴다면 쌀을 주식으로 하는 사람들은 '밥 세 끼三食'라는 말
을 쓴다.

밥 세 끼를 먹여주는 벼농사가 기간 산업이던 시절 농촌에서는
농번기가 끝나고 6개월의 긴 농한기가 시작되면 마을 공터에 서커
스가 들어왔다. 부채를 들고 외줄 타기, 입에서 불 뿜기 같은 볼거
리가 끝나면 잠시 회충약 선전을 한 후, 한복에 삿갓을 쓴 소리꾼
이 작은 북을 앞에 놓고 판소리 '흥보가' 한 가락을 뽑았다.

그 후 세월이 흘러 세상이 좋아지다 보니 마을 공터에서 들었던
흥보가를 예술의 전당에서 듣게 되었다.

예술의 전당에서 들었던 홍보가는 '제비노정기'였다. 홍보가의 '제비노정기'는 홍부가 다리를 고쳐 주었던 제비가 '보은의 박씨'를 물고 양자강 남쪽인 '강남'에서 출발하여 남원 아영에 있는 홍부의 집까지 찾아오는 과정을 네 개의 여정으로 나누어 엮은 노래이다.

첫 번째는 제비가 중국의 명승지를 구경하면서 한시와 고사를 섞어 노래하며 요동성까지 오는 여정,

두 번째는 요동성에서 압록강과 의주를 지나 평양의 부벽루, 개성의 만월대와 박연폭포를 거쳐 임진강을 건너 한양 삼각산에 도착하여 지세를 살피면서 감격스러워하는 모습,

세 번째는 제비가 한양에서 청파, 애고개, 남태령을 건너 홍부가 사는 남원 아영에 당도하는 장면,

끝으로 네 번째는 빈 제비집을 바라보며 제비가 이제 오나 저제 오나 마음 졸이던 홍부가 이역만리에서 다시 찾아온 제비와 극적인 해후邂逅를 하는 장면이다.

홍보가는 당시 사람들에게 중국의 명승고적과 조선의 수려한 경관을 소개하여 당시 외부 세계를 궁금해하는 사람들의 호기심을 채워주고 바깥세상에 대한 동경과 상상력을 불러일으키기도 했다. 홍보가에서는 홍부의 자식들을 제비 새끼들에 비유하였다. 당시 사람들은 굶기를 밥 먹듯 하면서 자식을 많이 낳게 된 것을 원망도 했지만 별수가 없었다.

당시 농부는 강남에서 날아든 제비가 자신의 초가에 다시 찾아와 새끼를 부화하는 모습을 보면서 포유류와 조류 간에 종의 한계를 넘는 뜨거운 동질감을 느끼며 잠시 삶의 고단함을 잊을 수 있었다.

인간과의 동거

작고 여린 몸으로 먼 길을 날아 옛집을 찾는 제비는 인간들에게는 분명 반가움과 환영의 대상이었을 것이다.

농부들은 다시 돌아온 제비가 새끼를 위해 애쓰는 모습을 보면서, 열 자식을 먹여 살려야 하는 자신들의 처지를 생각하고 각오를 단단히 했을 것이다. 사실 제비는 노란 입을 벌리는 핏덩이 새끼들이 다 자라 둥지를 떠나는 이소離巢를 할 때까지 3주간 하루 500번까지 벌레를 잡아서 물어다 먹인다.

제비의 이런 모습들을 보면 제비가 어떤 연유로 인간의 집에 자신들의 둥지를 짓고 동거하게 되었는지 궁금해진다.

50g도 안 되는 연약한 몸으로 남중국과 동남아시아에서 날아오는 제비에게는 한 가지 두려움이 있다. 또 다른 여름 철새인 뻐꾸기에게 탁란托卵을 당할지 모르기 때문이다.✎

✎   Biology & Sociology. June, 2013

몸집이 큰 뻐꾸기가 제비 둥지에 알을 낳으면 불과 9일 후에는 알에서 먼저 깨어난 덩치 큰 뻐꾸기 새끼가 15일이 되어서야 부화하는 제비의 알들을 둥지 밖으로 떨어뜨릴 것이다. 더구나 사발^{bowl} 형태의 집을 짓는 제비의 집은 탁란을 당하기에 십상이다. 제비는 까치, 까마귀와도 천적 관계인 데다 뱀의 습격과 뻐꾸기의 탁란을 피하기 위해서는 차라리 인간이 사는 집으로 들어와 둥지를 짓고 인간과 공생하는 길을 선택할 수밖에 없었을 것이다.

그렇게 인간과 공생을 하게 된 제비는 민가의 처마에 안착하여 일 년에 두 번씩 번식하면서 늘 우리 주변에 있었다. 한국의 정보통신부도 제비와의 우정을 잊지 않고 제비를 우정사업본부의 심벌로 삼기도 했지만 지금은 여간해서 제비 모습을 찾는 것이 쉽지 않다.

안방 앞 처마 밑에 진흙 둥지를 짓고 인간과 즐겁게 공생하던 제비가 자취를 감춘 것은 최근 일이 아니다. 제비의 고향인 인도네시아에 사정이 생긴 것인지, 아니면 제비가 행선지를 아예 다른 나라로 바꿔버렸는지도 궁금했다.

먼저 인도네시아에 다니면서 사업하는 친구에게 인도네시아 제비들의 안녕을 물었다. 그 친구는 남쪽 하늘을 가리키며 이런 말을 했다.

"인도네시아에는 수마트라라는 섬이 있는데 그곳에는 제비가 아주 많지. 수마트라섬에는 그동안 제비의 개체 수가 줄어들 만한 뚜렷한 환경 변화는 없었어. 더구나 인도네시아 사람들은 새를 아주 좋아해. 보통 세 가구당 한 가구꼴로 새를 키우지. 그런 인도네시아 사람들이 제비들에게 해코지할 이유는 없었을 거야.

어떤 사람은 제비집 요리 때문에 제비가 수난당한다고 말하지만 제비집 요리는 바다제비 집으로 만들기 때문에 우리가 말하는 제비와는 상관이 없어. 내 생각에는 제비의 입장에서 한번 생각해 보아야 할 것 같애. 제비가 인도네시아가 뭔지 한국이 뭔지 알겠어. 못살 곳은 안 갈 뿐이지."

그 친구의 말대로 제비 입장에서 생각해 보았다.

제비나 인간이나 낯선 곳에 가면 먼저 먹는食 문제와 자는住 문제를 해결해야 한다. 제비의 입장에서 보면 옛정을 생각해서 한국에 왔지만 막상 먹을 만한 것이 없다. 그들이 늘 먹고 살았던 잠자리나 애벌레도 귀해졌다. 배가 고픈 제비가 벌레 한 마리만 먹어도 오염된 토양에서 벌레의 몸속으로 들어간 독성분을 섭취하게 된다. 그 독성분이 제비의 몸에 쌓이면 제비가 알을 낳아도 껍질이 얇아져 그대로 부화하기 어렵다.

제비가 잠을 자고 새끼를 키워야 할 둥지를 짓는 데 필요한 논흙 역시 오염이 되다 보니 제비로서는 새끼를 키울 엄두조차 나지 않을 것이다.

한국에 정나미가 떨어진 제비는 더 이상 한국에 오고 싶지 않을 것이다. 사람들은 자주 가는 식당이라도 음식 그릇에서 머리카락이 두 번만 나와도 그곳을 다시 가지 않는다.

오늘날 우리가 더 많이 먹겠다고 뿌리는 농약이 내일의 우리를 죽이고 있다는 점을 생각하면 그 시절 제비 다리를 부러뜨렸던 놀부의 악행은 약과다.

세계자연기금World Wide Fund for Nature은 1987년 10ha당 2,200마리 남짓 발견되던 제비가 2005년 들어 22마리밖에 보이지 않는다는 보고를 내놓은 바 있다. 18년 동안 제비 숫자가 100분의 1로 줄어들었다는 말이다. 2005년 이후 제비 숫자는 늘어났을까? 이러한 감소율은 제비에게만 국한되는 것일까?

제비와 피난민들

흥부와 놀부가 살던 시절에는 떠돌이 장사가 아니라면, 사람들은 보통 자신이 태어난 곳에서 반경 100리 안에서 살다가 죽는 경우가 흔했다. 당시 세상이 얼마나 넓은지 모르는 사람들은 제비가 남중국, 베트남, 태국이나 인도네시아와 심지어 호주에서 온다는 사실을 전혀 짐작도 못하고 그저 '강남'을 갔다 오는 것으로 생각했다.

우리는 제비가 삼월 삼짇날음력 3월 3일에 왔다가 음력 9월 9일에 떠나는 것으로도 봄이 오고 가을이 가는 것을 알았다. 물론 제비 한 마리가 봄을 만드는 것은 아니지만 삼월 삼짇날이 되었는데도 제비가 보이지 않는다면, 다음 달인 4월은 '잔인한 4월'이 되고 말 것이다.

'제비마저 오지 않는 땅은 불모의 침묵 속에 있다가 결국 암흑 속으로 꺼져버리는 것은 아닐까'라는 생각을 할 무렵 군산 나운동에 가면 아직도 제비가 많다는 기쁜 소식을 들었다.

반가운 마음에 바로 군산에 갔다. 새만금 간척지로 진입하는 군산에는 개발 예정구역이라는 방치된 풀숲이 여기저기 보였다. 풀숲 위를 이리저리 나는 잠자리들과 그 잠자리로 저녁을 해결하려는 제비의 쫓고 쫓기는 비행은 여름철 초저녁의 생生과 동動 그리고 힘力까지 느끼게 했다.

그날 본 제비와 잠자리의 비행은 시간의 흐름을 잠시 멈추게 하고 군산의 역사 조각을 다시 맞추어 보도록 했다.

근세 150년 동안 군산은 혼란기 중국에서 건너온 중국인들, 일제 강점기 때 머물던 일본인들, 일제가 떠난 후 바로 주둔한 미군들과 역사를 함께 했다. 한국 전쟁 때는 황해도에서 내려온 분들도 2만 명을 넘었다. 그분들은 한동안 군산에 머물렀고 아직도 군산에 사는 분들이 있다.

나운동에서 제비가 나는 모습을 같이 보시던 한 어르신은 이렇게 말씀하신다. "이때가 되면 해주에도 제비가 참 많았지요." 고향을 다시 찾아온 제비를 바라보는 노인의 은은한 미소의 꼬리는 눈가의 물기로 연결되었다.

군산에서 제비를 본 일주일 뒤 강화도의 교동도 대룡마을에도 제비가 많다는 소식을 접했다. 일찍이 강화도는 고려 수도 개경과 조선 수도 한양으로 들어가는 관문에 위치하다 보니 고려시대에는 몽골, 조선시대에는 청나라, 프랑스, 일본, 미국으로부터의 침략과 압력에 시달리고 견뎌왔다. 군산처럼 강화도의 대룡마을에도 황해도에서 내려오신 분들이 모여서 오손도손 살고 있었다.

대룡마을에는 번듯한 제비 조각상도 보이고 골목골목에 있는 점포의 처마 밑에는 제비 둥지도 보인다. 휴대폰으로 제비집 속을 찍을 때는 제비가 놀라지 않도록 주의해 달라는 문구까지 보였다.

대룡마을 어르신들이 고향을 다시 찾아오는 제비를 바라보는 눈빛은 군산 나운동 노인들의 미소처럼 그윽하기만 하다.

제비와 연燕나라

백두산을 가기 위해 들렀던 중국 장춘長春의 여름 하늘에는 과거 한국의 시골만큼이나 제비들이 많이 날아다녔다.

장춘에서 백두산으로 가는 버스 속에서 만난 주周 노인은 자신은 하북성河北省에서 중문학 교수를 하다 은퇴했다고 소개하며 인사를 청했다.

주 노인에게 하북성에도 제비가 많은지 물었다.

"당연하지요! 춘추전국시대에 있었던 연燕나라가 바로 하북성이지요. 북경도 하북성 안에 있어 한때는 연경燕京이라고 불렸지요."

주 노인께 제비 연燕 자의 유래를 물어보았다.

"사자獅子와 같은 외국 동물을 빼면 동물들의 이름에 쓰는 한자는 대부분 상형문자이지요. 제비 연 자 역시 제비가 나는 형상을 본떠 만들었지요.

제비 연燕 자는 부리 '艹'와 머리 '口', 양 날개 '北'와 몸통 '口' 그리고 쭉 뻗은 꼬리 '灬'를 상형화한 것이지요. 그중 꼬리를 제비의 특징으로 볼 수 있어요. 제비에게는 적절한 길이의 꼬리가 있어 직선으로 날다가 급선회할 수 있지요. 제비가 물 위에서 수면 위로 떠오른 고기를 일시에 낚아챌 수 있는 것도 급선회 능력 덕분이지요. 제비의 꼬리가 그토록 특징적이다 보니 연미복燕尾服이란 말도 나온 거지요."

주 노인과 이야기를 하는 동안 버스는 백두산에 도착하고 있었다. 날씨가 좋아 천지를 보게 된 것은 행운이었다. 날씨가 쾌청하니 관광객들도 쉽게 마음을 열었다. 백두산 정상에서 사진 촬영을 부탁한 일본인 관광객 요시다吉田 씨와 통성명을 하고 요시다 씨에게 주 노인을 소개하고 사진도 함께 찍었다.

요시다 씨는 자신은 어릴 적 일곱 살까지 일제가 만든 만주국의 수도 장춘에서 컸다고 했다. 그는 그 후 일본으로 들어가 히로시마에서 학교에 다녔는데 히로시마에 원자탄이 투하되던 1945년 8월 6일 아침 상황도 중국어로 실감나게 전달했다.

"그날 아침은 유난히 제비가 낮게 날았다고 합니다. 구름이 많이 내려앉다 보니 날개에 습기가 묻은 잠자리들이 저공비행하는 통에 잠자리를 잡아먹는 제비도 낮게 날았지요. 지금도 히로시마에 사는 어른 중에는 '제비가 낮게 난다'는 말만 들어도 몸서리를 치는 분들이 있습니다."

원자탄 투하와 제비 이야기를 마친 요시다 씨는 북한 사정에도 관심을 보였다. "북한이 여기서 얼마 안 떨어졌는데… 요즈음 그곳 식량 사정은 어떤지 모르겠네요. 전에 TV에서 보니 아이들의 영양 상태가 영 안 좋아 보이고 구걸까지 하는 걸 보았습니다."

북한의 사정을 그동안 들었던 대로 이야기해 주었다. "네. 그들 중에는 탈북한 후 남한에 와서 학교에 다니는 아이들도 있습니다.

✒ tailcoat나 swallow-tailed coat라고 함

북한에서는 그들을 '꽃제비'라고 부르는데 처음 그 말을 들었을 때는 '꽃花과 제비燕'가 합쳐진 말로 얼핏 생각했습니다만 의미가 전혀 와닿지 않아 알아보니 러시아어에서 나온 말이었어요. 러시아어에 떠돌이를 의미하는 '꼬체비예'란 말이 있는데 그 말이 꽃제비가 되었다고 합니다."

이어서 주 노인이 말했다. "중국어에 꽃을 의미할 것으로 보이는 '화자花子'는 거지라는 뜻입니다. 언어는 환경 변화에 따라 뜻이 달라지기도 새로운 어휘를 수입하거나 만들어 내기도 하지요."

파티마의 '안두리나'

어느 초여름 가톨릭 신도인 T 선생과 포르투갈의 파티마⌐에 가게 되었다. 먼저 리스본에 도착했다.

T 선생을 'T 선생'이라고 부르는 이유는, 원래 그의 성은 정丁 씨이지만 알파벳을 쓰는 사람들이 보기에는 한자인 丁 자가 T 자처럼 보여 외국인들이 그를 'Mr. T'로 부르는 통에 T 선생은 외국인들에게 자신을 아예 Mr. T로 소개하기 때문이다.

⌐ 1917년 파티마(Fatima) 지역에서 세 목동 앞에 성모마리아가 나타난 후 가톨릭 성지로 인정되어 '파티마 성지'라 했다. 프랑스 피레네산맥 북쪽 기슭에 있는 루르드(Lourdes)와 함께 가톨릭 신자들이 많이 찾는 성지이다.

그는 프랑스에 샹송Chanson, 이탈리아에 칸초네Canzone가 있다면, 포르투갈에는 파두Fado가 있다고 말하며 파두는 포르투갈에서는 풋볼Football, 파티마Fatima 성당과 함께 포르투갈의 자랑 '3F' 중 하나라고 알려주었다.

T 선생의 권유에 따라 파두를 들으러 리스본 골목에 있는 식당에 들어갔다. 식당 밖 골목으로 흘러나오는 파두의 가락은 대서양의 파도 소리와 등대의 희미한 불빛과 함께 어우러져 더 스잔하고 서럽게 들렸다.

파두의 나라 포르투갈의 역사를 잠시 회고하면 포르투갈은 한때 왕성한 국력으로 동방의 일본에까지 진출하여 조총과 덴푸라(포르투갈어 tempora에서 유래)를 가르쳐 주고 마카오를 식민지로 만들어 그들의 디저트인 에그타르트를 만드는 법까지 가르쳐 주었다.

그러던 해양 제국 포르투갈은 1755년 수도 리스본이 대지진으로 파괴된 후 급격한 쇠락의 길을 걷게 된다. 그 후 리스본 사람들은 마음속 깊은 곳에 배어 있는 망연함과 허탈함을 모두 그들의 노래인 파두에 담았다.

T 선생은 파두에서 아리랑을 느리게 부를 때의 감정이 느껴진다고 하더니 노래를 마친 여가수에게 파두에는 '이름 모를 슬픔이 느껴진다'며 말을 건넸다. 그동안 많은 관광객들과 대화를 나누었을 그녀는 이해심 가득한 표정으로 이렇게 말했다. "파두에서 운명

과 슬픔이 느껴졌을 거예요. 하지만 거기에는 '그리움'과 '간절함'도 스며 있어요. 우리는 그런 감정을 '소다드saudade'라고 하지요."

다음날 파티마Fatima 성당으로 가는 관광버스는 셀 수 없이 많은 구릉들을 지나 대서양 해안가 마을 나자레Nazare에 도착했다. 점심을 마친 사람들은 마을 상점에서 알파벳이 들어간 타일들을 샀다. 자신이나 가족들의 영문 이름 철자가 그려진 타일 조각들로 보였다. 들어간 가게의 상품 중에는 제비 모양 장식도 눈에 띄었다.

T 선생은 제비 모양 장식이 많은 이유를 상점 주인에게 물었다.

주인은 포르투갈어 억양이 들어간 영어로 자상하게 설명해 주었다. "보시다시피 이곳에는 제비가 많지요. 제비는 포르투갈어로 '안두리나andorinha'라고 합니다. 저 안두리나들은 사하라사막을 건너 모로코를 넘어 이곳까지 왔지요. 어떤 제비들은 스코틀랜드까지 가기도 합니다. 우리는 저 안두리나들이 이곳에 올 때까지 얼마나 많은 고생을 했는지를 잘 압니다. 우리는 그들을 보고 싶었던 소다드가 있었고, 그들에게는 우리를 보고 싶었던 소다드가 있었을 겁니다. 안두리나와 우리는 소다드를 나누는 가족입니다."

포르투갈은 어디를 가도 제비가 많은 나라였다. 파티마 성당 앞에도 제비들이 각자의 비행 궤도에 따라 자유롭게 허공을 누볐다. 성당으로 들어가자 한 수녀님이 어디에서 왔냐고 물어 한국에서 왔다고 하니 한 말씀 하신다. "한국에도 안두리나가 있지요? 오늘은 안두리나가 유난히 많이 날고 있네요. 여러분에게는 파티마에 오시고 싶었던 소다드가, 주님께서는 여러분을 멀리 이곳 파티마로 부르고 싶으셨던 소다드가 있었어요. 아멘!"

꾀꼬리

· 黃雀 황작 ·

　　지구상에 있는 1만 종의 새 중에는 우는 새가 절반, 울지 않는 새도 절반이다. 우는 새를 가리켜 '명금鳴禽'이라고 한다. 명금 중에 특히 아름답게 우는 새를 영어로는 'songbird'라고 한다. 울지 않거나 우는 소리가 아름답지 않은 새는 뭉뚱그려 'non-songbird'라고 부른다.

　　그런 기준으로 치면 아름다운 공작은 껄끄럽고 째지는 울음소리 때문에 결코 명금 반열에 끼지는 못한다.

　　공작이 모습과 소리 중 모습만 갖추었다면 새들 중에는 모습과 소리를 다 갖춘 명금도 있다. 그 중 우리에게 잘 알려진 명금은 머리 위에 붉은 깃털이 솟아 있는 직박구리bulbul, 다른 새의 소리를 흉내 내는 재주가 있는 지빠귀mockingbird, 밤에도 우는 나이팅게일

nightingale과 꾀꼬리oriole를 꼽을 수 있다.

이들 명금들은 주로 수컷이 운다. 수컷이 우는 이유는 짐작한 대로 수컷이 암컷에게 구애를 하거나 영역을 알리고 지키기 위함이다. 명금이 영역을 지키려는 소리는 항상 다급하고 날카롭게 들리지만 구애하는 울음소리는 언제 들어도 감미롭다.

명금은 마음 편하게 노래를 부르기 위해 먼저 몸을 나뭇가지에 단단히 고정시켜 놓는다. 명금이 자신의 몸을 고정시키는 방식은 네 개의 발가락 중 세 개는 앞쪽에, 나머지 한 개는 뒤쪽에 두고 나뭇가지를 움켜쥔다. 딱따구리가 몸을 나무통에 단단히 고정시킨 후 나무통을 쪼기 시작하는 것을 연상시킨다. 딱따구리가 나뭇가지에 발을 고정시키는 방식은 발가락의 배열을 '전前 2 : 후後 2'의 형태이지만 명금은 발가락 네 개를 '전 3 : 후 1'의 형태로 나누어 몸을 나뭇가지에 고정시킨다.

까치가 개미목욕을 하듯이 꾀꼬리도 개미를 볼 때마다 개미를 물어다 깃털 속에 집어넣거나 개미를 살갗에 문지르는 목욕을 하며 몸을 정갈하게 하는 습관이 있다. 몸을 정갈하게 만든 꾀꼬리는 기분이 상쾌해지면 하체를 고정시킨 후 비로소 '휘호 휘홀 휘호'라는 특유의 휘파람 소리를 낸다.

꾀꼬리의 휘파람 소리는 어린이대공원의 숲 속에서도 종종 들을 수 있다. 꾀꼬리가 노래하는 곳으로 조금 더 가까이 가보면 꾀꼬리 모습도 볼 수 있다. 꾀꼬리를 볼 때마다 느끼는 소감은 '꾀꼬리는 진노랑새'라는 점이다. 일찍이 꾀꼬리를 '황조黃鳥'라고 한 이유가 충분히 짐작된다.

꾀꼬리의 몸은 전체가 노랗지만 눈에서 뒷머리nape까지는 검은 털로 덮여 있다. 그런 이유로 꾀꼬리의 정식 명칭은 '블랙 네이프드 오리올black-naped oriole'이다. 만약 눈에서 뒷머리까지 검은 털이 없이 몸 전체가 노랗다면 그 새는 꾀꼬리가 아니라 카나리아일 것이다.

꾀꼬리는 여름에 매미나 잠자리 같은 곤충이나 애벌레를 잡아먹다가 가을철로 접어들면 오미자 같은 나무 열매도 따 먹는 잡식성이다. 꾀꼬리는 주로 산골에 살지만 절 주변의 숲이나 도심의 공원에서도 살며 숲만 있으면 거주지를 타박하지 않는다.

동남아에서 한반도로 4월에 날아와 10월까지 머무는 꾀꼬리의 몸길이는 25cm 정도이다. 한국에서 여름 철새인 꾀꼬리는 동남아에서는 텃새로 통한다.

꾀꼬리 컨테스트

동남아에서는 꾀꼬리를 관상용으로 기르는 가정이 많다. 인도네시아 사람 와얀Wayan 씨는 그들의 문화가 된 꾀꼬리 컨테스트를 이렇게 들려준다.

"매년 인도네시아에는 전국에 걸쳐 수백 번의 꾀꼬리 컨테스트가 거의 주말마다 열립니다. 이 컨테스트에는 남녀노소 누구나 참가하지요. 대통령이 참가하기도 합니다. 어쩌면 꾀꼬리가 17,000개의 섬으로 이루어진 인도네시아의 국민 통합에도 기여를 하는 셈이지요.

참가하는 명금에는 꾀꼬리와 다른 새들도 있습니다. 컨테스트에서는 세 가지 기준으로 새를 평가하는데 (1) 노래의 멜로디 (2) 생김새 그리고 (3) 힘을 봅니다.

컨테스트에서 이기는 꾀꼬리의 주인은 기분도 좋겠지만 경제적인 수입이 쏠쏠하지요. 부상으로 텔레비전, 오토바이, 심지어 차를 받기도 하지요. 어떤 경우에는 상금을 주기도 하는데 상금이 천오백만 루피아(U$1,000)에 달합니다. 이 금액은 인도네시아 일반 노동자의 반년 수입입니다.

그런 이유로 인도네시아 사람들은 꾀꼬리가 오랜만에 친구들도 만나게 해주고 돈도 벌어주는 '사회적·재정적 자산'이라고까지 말합니다."

와얀 씨에게 경쟁력 있는 꾀꼬리를 만드는 비결이 무엇이냐고 묻자 그는 꾀꼬리를 자기 자식 키우는 것처럼 평소에도 사랑하고, 보살피고, 좋은 먹이를 주는 것이라고 말한다.

꾀꼬리 찾기

인도네시아에서만 꾀꼬리 컨테스트가 있는 것은 아닌 것 같다. 최근 세계적인 역병이 돌아 모두가 우울하고 답답해 할 때 한국에서는 꾀꼬리를 찾기 위한 전국적인 열풍이 분 적이 있었다. '미스트롯'과 '미스터트롯' 경연대회이다. 이 프로그램은 토너먼트 형식으로 전국에서 젊은 꾀꼬리들을 찾아냈다. 젊은 꾀꼬리들은 그동안 갈고닦아 온 실력을 경연을 통해 대중에게 인정받아 세상에 나오게 되었다.

이 프로그램은 시청자들도 한 표를 행사하도록 하여 선발 과정을 투명하게 만들었다. 그동안 오래된 꾀꼬리들이 숲을 장악하고 목이 쉬도록 노래하는 동안 어린 꾀꼬리들은 보이지 않는 곳에서 웅크리고 앉아 작은 소리로 노래하다 조로사早老死할 지경이었다.

이 꾀꼬리 찾기 프로그램이 보여주는 선발 과정의 투명성은 사회 전반에 알게 모르게 영향을 미쳤다. 그동안 어느 조직에서나 선발과 충원, 승진이 투명하지 못하여 독점과 대물림 그리고 '끼리끼리 해 먹는' 부패의 곰팡이가 피어나 코를 찌른다는 불만이 심심치 않게 들렸다.

숲 밖으로 나온 꾀꼬리가 세상에서 제대로 성공하려면 무엇이 중요한지를 이탈리아에서 활동하는 소프라노 사이오아 에르난데스Saioa Hernandez에게 물은 적이 있다.

스페인 출신인 그녀는 이런 말을 했다. "작은 무대에서 시작해서 큰 무대로 가라는 분들도 있지만 저는 실력이 부족하더라도 일단 큰 무대를 목표로 하라고 하고 싶습니다. 그래야 두려움이 없어집니다. 일단 큰 무대에 서 보아야 경력도 됩니다." 그녀 역시 밀라노의 라스칼라 극장에서 푸치니Puccini의 〈토스카Tosca〉에 나오는 '노래에 살고, 사랑에 살고'를 부르고 나서야 무명의 설움을 떨치고 명성을 얻었다고 했다.

맞는 말이다. 아무리 좋은 생각도 신도림역 앞에서 말하면 청중은 자연스럽게 구로구민이나 영등포구민이 될 것이다. 광화문이나 여의도에서 말한다면 대상은 자연스럽게 대한민국 국민이 된다. 만약 뉴욕의 유엔본부 앞에서 무언가를 주장한다면 그 대상은 자연히 전 세계인이 된다. 꾀꼬리 역시 세계를 상대로 노래를 해야 세계가 알아주는 꾀꼬리가 되지 않을까?

트로트, 엔카, 대중가곡

한·중·일 삼국 중 새를 보는 것보다 새소리를 듣는 것을 좋아하는 일본인들은 꾀꼬리를 어떻게 생각할까 궁금하여 한일 비교문화에 밝은 마유리麻百合 씨에게 일본에서는 꾀꼬리 소리를 주로 어디서 듣는지 물어보았다.

그녀는 이런 말을 했다.

"일본에는 꾀꼬리가 높은 산에도 낮은 산에도 다 있습니다만 야구장에도 살지요. 그게 무슨 말이냐면 야구장에서 선수 소개를 하는 아나운서로 산다는 말입니다. 일본 야구장에서 '다음 타자는 3번 타자 아무개'라고 간드러지게 소개하는 아나운서의 말을 들어보셨는지요? 일본에서는 그들을 '꾀꼬리ウグイス, 우구이스'라고 부르지요." 그녀의 말을 듣고 보니 한국에서도 야구장 아나운서는 유독 꾀꼬리 음성으로 '다음 타자'를 소개한다.

다시 마유리 씨에게 일본 엔카演歌를 한국 가요와 비교할 때 어떤 특징이 있는지 물어보았다.

"보통 음악은 도레미부터 시작하여 7개의 음이 있지만 엔카에는 기본음이 5개만 있습니다. 엔카의 가창 방법은 소절을 단위로 하여 노래를 부르는데 발성은 '가늘게 떠는' 비브라토vibrato, ビブラート를 많이 쓰지요.

엔카의 소재로는 주로 바다, 술, 눈물, 이별, 안개와 비 같은 '액체'가 많이 들어갑니다. 반면, 트로트에는 어머니, 누나 같은 가족 이야기도 종종 나오지만 엔카에는 가족이 나오지 않습니다. 그리고 엔카를 부를 때는 보통 기모노를 입지요."

한국의 트로트 역시 5음계로 구성된 대중가요이다. 트로트에는 일본 엔카의 비브라토와 다른 특징인 '꺾기'가 있다. 꺾기는 노래를 부르는 중간에 가사를 잠깐 생략하는 대신 콧소리를 내는 창법이다.

'보고 싶다'나 '그립다'와 같은 직설적인 표현이 많은 한국 가요보다 은유와 비유가 많은 중국 대중음악의 특징을 중국 출신 김수정金秀貞 박사에게 물어보았다. 김 박사는 "중국 꾀꼬리黃雀들은 대중가요가 아닌 대중가곡大衆歌曲을 부릅니다. 대중가곡의 특징은 템포가 한국의 가요나 트로트보다 훨씬 느리지요. 가사에는 주로 효도, 우정, 세월 같은 정신적이고 추상적인 단어가 많이 등장합니다."

달콤한 고통

한국의 판소리나 창을 부르는 소리꾼들은 모든 것을 체념한 듯, 초탈한 듯한 표정으로 처음부터 끝까지 하나의 감정으로 소리를 한다.

반면 오페라나 한국 가곡을 부르는 성악가는 서양식 정장이나 드레스를 입고 큰 제스처를 써가면서 무언가 고통스러운 듯, 무엇에 희열을 느끼는 듯, 애절하고 간절한 표정을 짓는다.

성악가들은 도대체 무엇을 표현하려고 하는 것일까? 하루는 카네기 홀에서 오페라 공연을 마치고 난 테너 김은교 님에게 물어 보았다. 그는 서양 클래식 음악에는 '달콤한 고통dolce penare'이 포함되어 있다고 하면서, 가수는 가창력으로 인간이 삶에서 겪는 달콤함과 고통이라는 상반된 두 가지를 모두 담을 수 있어야 한다고 말한다.

우리 가곡 〈그리운 금강산〉도 가사와 멜로디는 아름답지만 애절하기 때문에 '달콤한 고통'의 맛을 느낄 수 있다. 〈그리운 금강산〉은 애절하게도 부를 수 있지만 언젠가는 갈 수 있는 금강산이기에 희망찬 에너지로 부를 수도 있는 것이다.

가곡 속에 있는 두 개의 상반된 메시지를 관객에게 어떻게 전달할 것이냐는 오롯이 성악가의 몫이다. '달콤한 고통'의 농도는 오로지 성악가의 발성과 소리에 달려 있다. 성악가는 때때로 극적인 표정까지 추가하는 정성을 보인다. 그런 가곡을 듣는 관객은 고통 속의 달콤함을 맛보기도, 달콤함 속에 남모를 아픔을 느끼기도 한다.

'하나'를 만드는 합창

옛 동독의 도시 라이프치히에 사는 마킬Machill 할머니는 생전에 생활과 봉사를 따로 구분하시지 않았다. 그녀가 하루는 "사람이 남과 잘 지내려면 남을 인정해주고, 남의 말을 잘 들어야 하지요.

그걸 훈련하려면 합창을 하는 것이 도움이 됩디다."라는 말씀을 하셨다.

그녀는 독일이 통일된 후에도 가장 중요한 문제는 동·서독 주민들 간의 이질감 극복이었다고 말했다. 그때 각 독일 고을에는 많은 합창단이 조직되어 모두가 같이 노래하면서 갈라졌던 감정이 진정한 '하나Einheit'로 묶어지게 되었다고 했다.

오랜 기간 합창을 하신 분들은 이구동성으로 합창의 장점을 이렇게 말한다. "합창할 때는 노래를 잘 하는 사람도, 좀 덜 잘 하는 사람도 하나가 되지요. 처음 합창할 때는 개인은 전체 속에 적당히 묻혀가는 줄 알았어요. 시간이 지나면서 연습량이 느니 전체의 화음이 느껴지고 저 개인이 느껴졌어요. 무엇보다 합창하다보면 단원들끼리 공감과 격려의 감정이 일어나지요."

한민족은 그동안 독일보다 더 긴 세월을 남북한으로 헤어져 살아왔다. 그러다 보니 통일이 하루 빨리 이루어져야 한다는 입장과 당장 통일을 하면 큰 돈이 들고, 견딜 수 없는 혼란이 생길 수 있으니 신중해야 한다는 입장이 공존한다.

통일이 빠르냐 늦냐보다 더 중요한 것은 남북 주민들이 한민족

오케스트라와 협연을 마친 신양주 님, 김다예 님과 공업 도시 광양에서 오랜 기간 합창을 하신 정선호 님을 인터뷰 한 내용

공통의 정서를 회복하는 일이다. 공통의 정서를 회복하는 길은 매우 기초적인 일에서 시작될 수 있다. 한민족에게는 합창과 춤을 한데 묶은 강강술래 같은 전통문화 유산도 있지 않던가?

기러기

· 雁 안 ·

　　겨울 철새인 기러기 가족이 날아오는 것은 보기 어렵지만 기러기들이 떠나가는 모습은 쉽게 볼 수 있다. 늦가을 한반도에 왔다 날씨가 풀리면 고향인 시베리아로 떠나는 기러기의 고별 비행은 주변 자연 풍광과 어우러져 그럴듯한 그림을 만든다.

　　기러기들이 창공에서 만드는 근사한 그림을 보고 나면 마음에는 알 수 없는 허전함이 남는다. 그 후 허전함은 긴 그리움으로 변하고, 공空으로 채워졌던 창공은 기러기가 날아간 후에는 공보다 깊은 허虛의 의미를 깨닫게 한다.

　　기러기가 떠나간 창공을 보고 허전한 마음을 주체할 수 없었던 시인 박목월朴木月은 "기러기 울어예는 하늘 구만 리~"로 시작하는 〈이별의 노래〉라는 시를 쓴다. 시를 읽고 모골이 송연해진 작곡가

김성태는 〈이별의 노래〉에 곡을 붙이게 된다.

노래가 된 〈이별의 노래〉는 부르는 성악가에 따라 슬프고 비장하게도 때로는 장엄하게도 심지어 경쾌하게도 들린다. 노래의 주인공이 된 기러기는 시가 되고 노래가 되어 눈물이 되기도 했다가 환회로 변하기도 한다.

이름에 새 날개羽가 들어가는 재익在翊이라는 친구는 〈이별의 노래〉에서 이별은 기러기와 인간의 이별이지, 기러기들끼리 이별은 아니라고 말한다. 기러기들이 함께 모여 고향으로 돌아가는 단체 여행이며 고향으로 돌아가게 되면 일가친척들까지 모두 만날 수 있으니 '만남의 노래'라고 해도 무방하다고 말한다. 일리가 있는 말이다.

기러기의 수절守節

늦가을에 날아와 겨울이 끝나갈 무렵 떠나는 기러기는 앞에서 발음해도 뒤에서 발음해도 '기러기'다. 기러기 떼가 좌우 대칭의 대오를 갖추고 구령과 같은 소리를 내며 날아가는 모습을 보면 만만치 않은 질서와 규율이 느껴진다. 기러기들은 누가 먼저 "이젠 떠나야 돼!"라고 말했을까? 그리고 어떻게 떠나기로 합의했을까?

기러기가 무리를 지어 날아갈 때는 앞에서 나는 기러기와 뒤를 따르는 기러기가 서로 신호와 울음으로 대화를 나누며 팔자八字 즉, V자 형태로 비행한다. 이런 기러기의 비행을 '기러기의 행렬'이라는 뜻으로 '안행雁行'이라고 한다.

기러기가 비행할 때 큰 기러기가 선두로 나는 것은 서열⌁에 따른 것이다. 안행이라는 말은 기러기에게만 쓰는 말은 아닌 것 같다. 자식이 많은 것이 복이고 자랑이던 시절 형제들이 다정하게 줄지어 걸어가는 것을 기러기들이 나는 것에 비유하여 '안행'이라고 하였다. 장형의 주도하에 형제들끼리 우애를 돈독하게 하기 위해 만든 계를 '안행계'라고 한다. 안행계를 결성한 형제들은 회비를 거두어 기금을 만든 다음, 그 기금으로 여행도 가고 모여서 식사도 한다. 어쩌다 회비가 남으면 장형은 직권으로 새로 출시된 스마트폰을 사서 하나씩 나누어 주기도 한다.

기러기의 안행 못지않게 인간 집단에서도 계급과 서열을 따지는 것은 불문율이다. 직장생활에서 대리가 승용차의 운전석 대각선 자리가 상석인 것을 모르고 프로토콜protocol이 몸에 밴 부장을 제치고 앉았다면 부장은 나중에 대리의 상관인 과장을 불러다 "교육 좀 똑바로 시켜라!"라고 나무랄 것이다. 회식 자리에서 상무보다 젓가락을 먼저 든 과장도 나중에 이유를 알 수 없는 고초를 겪

⌁ 기러기의 서열을 '행렬(行列)'이라고 하지만 사람에게 적용할 때는 '항렬(行列)'이라고 읽는다.

을 수 있다.

그들을 '꼰대'라고 치부해 버리기에 앞서 기러기의 안행을 한 번쯤 생각해 볼 필요가 있을 것 같다.

안행에는 모름지기 신信, 예禮, 절節, 지智의 네 가지 덕이 있다.

《규합총서閨閤叢書》라는 책에 나오는 말이다. "때에 맞추어 왔다가 때에 맞추어 돌아가니 '신'이요, 날아갈 때도 차례가 있어 앞에서 울면 뒤에서 답하니 그것이 '예'요, 짝을 잃으면 다시 짝을 얻지 않으니 '절'이라. 밤이 되면 무리를 지어 잠을 자되 하나가 순찰을 서니 '지'가 있다."고 했다. 안행의 네 가지 덕德 중 세 번째인 절을 지키는 것을 수절守節이라고 한다.

수절할 정도로 암수의 사이가 좋다고 하여 전통 혼례에서는 신랑이 '기럭아비'로부터 받은 나무로 된 기러기를 빨간 보자기에 싸서 신부의 어머니에게 전하는 '전안례奠雁禮'라는 의식이 있다. 충청도 남부와 전라도 북부 지방에 내려오는 전안례는 결혼식으로 들어가기 위한 일종의 오프닝 의식이다.

조선 후기 실학자 서유구(徐有榘)의 형수인 빙허각(憑虛閣) 이씨가 저술한 여성생활 백과사전 (1809년)

안행피영 雁行避影

안행이란 말은 기러기가 나는 모습을 말하지만 《장자莊子》〈외편 外篇〉에 나오는 '안행피영 雁行避影'은 기러기가 함부로 앞으로 나서지 않고 옆으로 피하듯, 제자는 스승의 그림자조차 감히 밟지 않는다는 뜻으로 사용되는 말이다. 그 유래를 간단히 소개한다.

주周나라 때 사성기士成綺라는 사람이 노자老子를 찾아왔다.

"나는 당신이 성인이라는 말에, 뵙고자 먼 길을 달려왔습니다. 당신을 자세히 살펴보니 당신은 성인이 아니군요. 눈앞에 먹을 것이 엄청 많은데 쌓아 놓고만 있습니다." 사성기는 노자가 지식의 양이 엄청난데도 먼 길을 온 자신에게 아무것도 가르쳐주지 않는다는 뜻으로 한 말이었다. 사성기의 말에 노자는 아무런 반응을 보이지 않았다.

다음 날 사성기가 찾아와 이렇게 말했다. "나는 어제 당신을 비방했습니다. 그러고 나니 마음속에는 아무것도 남지 않았습니다. 왜 그런지 모르겠군요."

노자가 말했다. "어제 그대가 나를 소라고 불렀으면 나는 소일 것이고, 나를 말로 불렀다면 나는 말이라 생각했을 것이네. 적어도 나에게 뭔가 그런 모습이나 기질이 있어서 남이 그렇게 불렀을 텐데, 내가 부정해 버리면 화禍를 두 번 일으키는 것이 아닐까?"

노자의 이 말을 듣고 불현듯 무엇인가를 깨우친 사성기는 기러기처럼 옆으로 걸어, 노자의 그림자를 밟지 않도록 몸을 피했다雁行避影.

그 후 '안행피영'은 배우는 사람이 스승에게 갖추어야 할 태도와
도리를 가리키는 말로 인용되기 시작하였다.

오늘날에는 기품 있는 스승도, 삼가는 제자도 어디론가 다 떠났
다. 대신 정보사회의 인플루언서들이 유튜브에 나와 '구독과 좋아
요'를 외친다. 이제는 '안행피영'을 해드릴 수 있는 스승을 찾기조
차 어려운 세상이 되고 말았다.

철새들의 비행

기러기가 겨울 철새이니 철새 이야기를 먼저 하고 다시 기러기
로 돌아가자.

인간을 포함한 동물들이 장거리 이동을 하는 이유는 추위와 배
고픔을 피하기 위해서다. 보통 철새는 1년의 1/3은 번식지, 1/3은
월동지, 1/3은 중간 기착지에서 보낸다. 기러기의 경우도 월동지에
머무는 시간은 1/3이 조금 넘는다. 기러기와 같이 매년 4,000km를
이동하는 철새들은 모두 국경을 넘는 '글로벌 트래블러global traveller'
들이다.

철새에 대한 연구는 크게 ⑴ 언제 어디로 왔다가 어디로 가는 지에 대한 '이동' 연구 ⑵ 어느 지역에 몇 마리가 머무는지에 대한 '군집' 연구와 ⑶ 번식과 월동에 관한 '생태' 연구로 구분된다.

기러기와 같은 철새가 어떻게 장거리 비행을 할 수 있을까에 대한 이동 연구는 20세기에 들어와 덴마크 조류학자 한스 모르텐센 Hans Mortensen이 철새의 이동 경로를 연구하기 위해서 철새에게 가락지를 부착하면서 시작되었다. 최근에는 철새 몸무게의 5% 이내의 위치 추적기를 부착하여 철새의 위치를 추적하고 있다.

철새가 이동을 하는 이유는 기온과 낮의 길이 변화로 생리적인 반응이 생겨 이동 충동을 느끼기 때문이다. 동일한 충동을 느낀 새들은 점차 큰 무리를 이루게 된다. 일종의 '동조同調, assimiliation' 현상이다. 장거리 비행을 결심한 무리들은 체중을 늘려가며 지방을 비축한 다음 무리의 비행에 참여한다. 철새는 뇌를 절반씩 교대로 사용하여 잠을 자면서 휴식 없는 비행을 한다. 철새가 장거리 비행을 하면서도 방향을 잡을 수 있는 것은 뇌로 지구의 지자기장地磁氣場, earth's magnetic field을 감지하여 방향과 이동 경로를 잡을 수 있기 때문이다.

비행기에도 항로가 있듯, 지구상의 철새에게도 크게 아홉 개의 항로가 있다. 그 중 가장 큰 항로인 '동아시아 항로'는 한반도가 포함된 동아시아와 대양주를 연결한다. 동아시아 항로의 중간에 위치한 한반도는 여름 철새와 겨울 철새가 짧은 시간이지만 서로 인사라도 나눌 수 있는 라운지가 되는 것이다.

한반도에 가을이 오면 제비와 꾀꼬리 같은 여름 철새는 '강남'으로 떠나고 그 자리에는 겨울 철새들이 날아와 '배턴 터치'를 하는 것이다. 한반도에서 관찰되는 철새 380여 종 가운데 겨울 철새는 150여 종이고 나머지는 모두 여름 철새이다.

한반도에 오는 여름 철새와 겨울 철새의 80%가 들르는 정류소 stopover sites가 되는 섬들이 있다. 서남해안에 있는 흑산도와 서해안의 소청도도 그런 곳인데, 두 섬에는 철새연구센터가 있다. 이곳에서는 철새의 이동을 확인하기 위해 다리에 부착된 가락지와 등에 부착한 추적 장치를 체크하고 어떤 철새가 얼마나 있는지에 대한 번식과 군집에 대한 '모니터링'도 한다. 소청도 철새연구센터에 근무하는 한 연구사는 다친 새나 탈진한 철새를 보호하는 일 역시 부수적인 업무가 된다고 말한다.

철새는 때때로 바이러스를 옮긴다는 의심을 받기도 하지만, 이들은 고맙게도 기후 변화를 비롯한 자연환경 변화의 지표를 제공한다. 예를 들어 아열대 지방에서 서식하는 '미등록 철새'가 처음으로 발견되었다면 그것은 기후 온난화의 징표로 해석할 수 있기 때문이다.

런던에서 스코틀랜드 에든버러Edinburgh까지 기차여행을 할 때 이야기이다. 기차가 북쪽으로 올라갈수록 철로 양옆으로 작은 연못들이 점점 많아지고 구름은 더 낮게 깔린다. 이 어둡고 묵직하게 보이는 풍경화를 살아 있는 영상으로 바꾸어 주는 거위 떼가 연못 위에 나타나기 시작한다.

당시 기차 옆자리에 앉아 책을 읽다가 이따금씩 창밖을 바라보던 에든버러 대학생 크리스를 만났다.

늘 거위를 보고 살았을 크리스에게 기러기와 거위의 차이를 물었다. 그는 장거리 비행을 하는 기러기는 'wild goose'로 부르지만, 'goose'로 불리는 거위는 기러기를 식용으로 가금화한 기러기의 사촌이라고 설명해 주었다.

윤보선 전 대통령이 졸업한 에든버러대학에서 동양사를 전공한다는 크리스는 구김없는 성격에 다변이었다.

"크리스! 학교 다닐 때 거위인 'goose'의 복수형은 'geese'라고 배웠어요. 학창 시절의 인연이 있는 거위를 이렇게 많이 보니 기분이 새롭군요. 스코틀랜드 사람들은 거위나 기러기와 함께 오랜 세월을 살아 그들의 습성도 잘 알고 거위와 기러기에 관련된 스토리도 적지 않을 것으로 짐작되는데 어떤지?"

"그렇습니다! 혹시 '구스범스goosebumps'란 말을 들어 보셨나요? 소름이 끼친다는 말인데, 거위의 살이 오그라들어 생기는 돌기를 말하지요. 이곳 사람들은 구스범스라는 말을 자주 쓰다보니 제목이 '구스범스'인 어린이 공포 소설이나《해리포터Harry Potter》처럼 구스범스가 돋는 영화도 만들었지요."

들고 보니 그럴듯했다. 한국인들은 살갗에 돋는 돌기를 닭을 끌어들여 '닭살이 돋는다'고 표현하는데, 스코틀랜드인들은 구스범스라는 말을 만든 것이다. 물론 '닭살이 돋는다'는 '남사스럽다'는 뜻으로 구스범스가 의미하는 '소름 끼친다'와는 의미가 다르다.

"아~ 또 있습니다. '와일드 구스 체이싱wild goose chasing'이라는 말이 있지요. 이곳 사람들이 자주 쓰는 표현인데요. '쓸데없이 기러기를 따라다닌다'는 말에서 나왔는데 '쓸데없는 일을 계속 하는 것'을 의미합니다. 사실 이 말은 셰익스피어가《로미오와 줄리엣》▰에서 쓴 말이지요." 크리스의 말을 듣고 보니 '와일드 구스 체이싱'이라는 말은 한국 속담 '밑 빠진 독에 물 붓기'와 같은 표현이었다.

▰ 로미오와 줄리엣 2막 4장에 소개

기러기를 추락시킨 여인

크리스가 기러기 이야기를 해준 답례로 나무 기러기를 건네는 한국의 결혼식 풍습을 이야기 해주고 중국과 일본의 이야기도 들려주었다.

"한자를 사용하는 한국, 중국, 일본에서 쓰는 학습學習이라는 단어가 있지요. '학습'이라는 말 중에 '습習'이라는 말이 있어요. 어때요? 글자 생김새가? '우羽' 자와 '백白' 자로 되어 있지요. '우'는 한 쌍의 날개를 의미하고, '백'은 'continuously(꾸준히)'나 'evenly(똑같이)'의 의미로 해석할 수 있지요. 결국 기러기가 날갯짓을 하는 것처럼 배운 것學은 꾸준히 실천해야 한다는 뜻으로 쓰는 글자가 '습' 자이지요.

그리고 기러기와 관련된 중국인들의 이야기도 있지요. 일찍이 중국인들은 '나라를 기울게 할 만큼 용모가 빼어나다'는 뜻의 '경국지색傾國之色'이라는 말을 종종 썼지요. 중국 역사에는 경국지색으로 꼽는 네 명의 미인이 있어요. 이들은 서시西施, 왕소군王昭君, 초선貂蟬, 양귀비楊貴妃인데 당나라 학자들은 이들을 '침어낙안浸魚落雁, 폐월수화閉月羞花'로 비유했지요.

침어浸魚는 춘추 시대 월越나라의 미인 서시를 지칭한 것으로, 서시가 호수에 얼굴을 비추니 물고기들이 그만 넋을 잃어 헤엄치는 것조차 잊어버려 그대로 가라앉아 버렸다고 해서 생긴 말이지요. 낙안落雁은 한漢나라의 왕소군을 가리키는데, 기러기가 하늘을 날다 왕소군을 보고 날갯짓하는 것까지 잊어버려 땅에 떨어졌다고 해서 만들어진 말이지요.

폐월閉月은 《삼국지》에 등장하는 초선을 말하는데, '달조차 부끄러워 구름 뒤로 숨는다'라는 뜻이지요. 수화羞花는 경국지색의 주인 공이기도 한 당唐나라의 미인 양귀비의 별칭으로, '꽃조차 부끄러워 고개를 숙인다'라는 뜻이라고 해요.

그러고 보니 일본의 기러기 이야기를 뺄 뻔했네요.

중국 사람들은 오랜 세월 고기를 먹어보니 두 발 달린 것 중에는 기러기 고기가 가장 맛있고 네 발 달린 것 중에는 당나귀 고기가 제일 맛있다는 결론을 내렸지요. 일본도 그런 영향을 받았는지 일본에서는 육식을 금하는 스님들을 위해서 만든 '간모도키雁擬き'라

는 사찰 음식이 있습니다. 간모도키는 두부로 만드는데 가장 맛있 다는 기러기 고기와 같은 식감이 나도록 만들지요."

크리스와의 대화가 익어 갈 무렵 기차는 에든버러에 도착하고 있었다.

그 후 크리스와 다시 해후를 한 것은 크리스가 북경으로 유학을 온 후 서울에 들렀을 때였다. 크리스는 에든버러행 기차에서 나누 었던 거위와 기러기 이야기를 회상하여 하나씩 다시 들려주었다.

그때 에든버러행 기차 창밖에서 있었던 거위들이 서울 하늘에 서 다시 날갯짓을 시작했다.

독수리

· 禿鷲 독취 ·

어느 해 봄 독수리의 땅 몽골에 가게 된 것은 "드넓은 초원에 말들이 뛰어놀고, 창공에는 무수한 독수리가 활공을 하며, 밤이 되면 하늘의 별들이 모두 초원에 쏟아진다."라는 말의 유혹 때문이었다.

당시 여행안내는 서울의 이삿짐센터에서 일하던 몽골인 보르지간 씨와 그의 딸 아리우나가 맡아 주었다. 보르지간 씨가 안내해준 것은 그가 서울에서 이삿짐 운반을 마친 후 나눈 몇 마디의 대화가 인연의 씨가 되었기 때문이었다.

여정의 첫날은 보르지간 씨의 제의에 따라 울란바토르에서 한 시간쯤 떨어진 테를지 국립공원에 가게 되었다. 테를지까지 가는 길은 2차선 포장도로였지만 연교차年較差가 심한 날씨 탓에 도로는 곳곳이 파여 있었다.

　도로 양옆에 펼쳐지는 초원에는 아직 눈이 녹지 않았고, 사방은 지평선으로 둘러싸여 있었다. 초원의 곳곳은 산이라고 하기에는 조금 작고, 언덕이라고 하기에는 조금 큰 '톨고이Tolgoi'라는 구릉들이 제각각의 윤곽을 드러내고 있었다.

　톨고이에서 나오는 석탄은 울란바토르 사람들을 혹독한 추위에서 피할 수 있게도 하지만 탁한 공기를 마시게도 한다. 실제로 석탄 태우는 냄새는 실내외를 가리지 않았다. 석탄 냄새는 실내 복도는 물론 방에 걸어 둔 옷가지에도 진하게 배었다. 겨울철 울란바토르의 희뿌연 공기는 머무는 사람들을 24시간 내내 '흡연'시키고 있었다.

　한국어를 잘하는 보르지간 씨에 따르면 몽골에 겨울이 시작되면 드넓은 초원에 흩어졌던 유목민 50만 명이 살을 찌르는 추위를 피해 방목한 가축들을 데리고 300만 몽골 인구의 절반이 살고 있는 울란바토르에 계절성 이민을 온다고 한다. 유목민들이 방목하는 양들까지 데리고 오는 이유는 겨울철에 방목한 양들이 얼어붙은 초원에서 아무것도 먹지 못하면 체온이 떨어져 집단 폐사하기 때문이라고 했다. 그는 몽골의 이런 강추위를 '쭈드'라고 했다.

🍃　몽골의 톨고이에서는 석탄이 풍부하게 쏟아져 나온다. 그 중 몽골 남쪽에 있는 '타반톨고이(Tavan Togoi)'는 세계 최대의 노천 광산이다.

양을 뜯는 검독수리

차를 타고 가면서 들은 '쭈드'라는 말이 귓가에 여운을 남길 무렵 길 위의 잔설 때문에 서행하던 창밖에 뜻밖의 장면이 펼쳐졌다. 일행은 누가 먼저랄 것도 없이 차를 길가에 세우고 차 문을 닫은 채 그 장면에 시선을 고정시켰다.

차에서 불과 5m쯤 떨어진 도로 오른쪽에 두 마리의 검은색 독수리가 양의 등에 올라타 교대로 살점을 찍어 먹는 모습이 눈에 생생하게 들어왔다. 양털은 이미 붉은 피로 적셔져 있었고 붉은 선혈은 양의 털 골을 타고 흘러내려 뚝뚝 떨어지고 있었다. 더욱 놀라운 것은 양은 그 상태에서 미동조차 하지 않고 선 채로 뜯어 먹히고 있었다.

양은 마치 전생의 업보를 남김없이 갚아 주어야 하는 숙명을 타고난 듯 단 한 마디의 비명을 지르거나 어떠한 방어적 행동도 취하지 않았다.

이 장면을 다 지켜본 보르지간 씨가 입을 열었다. "이런 장면은 몽골인들도 흔하게 보지 못합니다. 아마 저 양들은 '쭈드'를 피해서 온 시골 양들일 겁니다.

이 동네의 양 주인들은 한겨울에는 검독수리들이 배가 고프다는 사실을 잘 알고 있기 때문에 양들을 따로 한곳에 모아 두고 보호합니다. 저렇게 야생에 함부로 방목하지 않지요."

이어서 생명 공학을 공부하고 있다는 아리우나가 말했다. "저는 한국에서 상징 문양이 독수리인 대학교에서 한국어를 공부한 인연으로 몽골에 돌아와서는 독수리를 다시 보게 되었지요.

제가 한국에 가서 느낀 점은 한국 사람들은 독수리를 '새들의 왕'이라고 '문화적'으로만 이해하고 있더라고요. 사실 이글eagle이라고 부르는 독수리 중에는 상당수가 짐승의 사체를 먹는 벌처vulture입니다. 포유류로 치면 하이에나처럼 사체를 먹는 스캐빈저scavenger'란 말이지요.

독수리 중에 사체를 먹는 종류는 눈동자에 살기殺氣가 없이 동그랗습니다. 반면 살아 있는 것을 잡아먹는 매의 눈동자는 세로로 된 타원형입니다. 그러니까 아까 양을 뜯어먹던 새는 검독수리golden eagle✐입니다. 검독수리는 독수리보다는 매에 가까운 새라고 볼 수 있지요.

보통 사체의 내장을 먹기 위해 머리를 사체에 쑤셔대는 벌처들의 머리에는 깃털이 없습니다. 깃털이 있으면 사체에서 병균이 따라붙어 올 위험이 있기 때문에 깃털이 없도록 진화한 것입니다. 그래서 저희 몽골인들은 어려서부터 머리에 깃털이 없는 새는 그다지 무섭지 않다고 배웠어요."

✐ 북아메리카, 유라시아 대륙에 분포하는데 다른 수리류에 비해 검게 보이므로 '검독수리'라고 부른다. 산지의 높은 바위 위에 둥지를 튼다. 작은 동물과 크지 않은 새를 잡아먹는다.

아리우나의 말을 듣고 나니 독수리의 한자 이름 독취禿鷲의 '독禿' 자가 떠올랐다. 이 '독' 자를 '대머리 독'이라고 하기 때문이었다. 서울 금천구에 있는 독산동禿山洞은 산봉우리에 나무가 없는 벌거숭이 산이라 독산동이라는 이름을 갖게 되었다는 말도 생각났다.

몽골에서 일본까지

양 날개 끝이 3m나 되는 독수리는 5.0의 시력으로 비행하면서 땅 위의 먹이를 찾다가 허탕을 치는 일도 가끔 있지만 먹이를 찾기 위한 비행을 멈추지 않는다.

결국 에너지 소모가 적은 비행을 할 수밖에 없는 독수리로서는 오후 햇볕이 지면을 달구어 기온이 오르면 몸을 하늘로 상승熱上昇, thermal soaring시킨 후 날개를 넓게 펴 활공하면서 지상의 먹잇감을 찾아낸다.

몽골 독수리가 월동지인 한반도까지 3,000km를 날아올 때도 지열에 의한 상승 기류를 타기 위해 산맥을 넘지 않고 조심스럽게 돌아서 비행한다.

흔히 오래 사는 동물들이 나이 서열을 따지듯 30년을 사는 독수

전 세계 2만 마리의 독수리 중 2,000마리가 한국에서 월동을 한다. 이들은 몽골에서 날아와 임진강 유역과 경남 고성까지 내려오는데 1,000여 마리는 경남 고성으로 온다.

리도 나이 서열에 따라 몽골에서 가까운 곳은 고참들의 월동지가
되고 먼 곳으로는 나이가 어린 독수리들이 가야 한다. 경남 고성까
지 내려오는 무리는 서너 살에 불과하다.✒ 물론 일본 야마구치현山
口縣이나 시마네현島根縣까지 내려가는 무리는 나이 서열이 더 낮다
고 보아야 한다.

몸집으로는 '하늘의 제왕'이라는 자존自尊을 가진 독수리이지만,
월동지에 오면 빠른 몸을 가진 까치 떼에게도 먹이 다툼에 밀려 스
타일을 구기기도 한다.

생존 때문에 자존이 구겨지는 독수리들을 위해 경남 고성에 '독
수리 레스토랑'을 오픈한 '독수리 아빠' 김덕성金德成 선생이 계신
다. 독수리 레스토랑이란 독수리가 먹을 고기를 여러 개의 부대에
담아 독수리 무리에게 나누어 주는 것을 말한다. 독수리들은 멀리
몽골에서도 매년 잊지 않고 이 레스토랑을 찾아온다.

만만치 않은 비용에도 20년 동안 독수리를 챙겨 먹이는 독수리
아빠의 깊은 속정情에 따뜻함을 느낀다. 속정이 깊은 사람은 언제
다시 만나도 변함이 없다.

✒   독수리의 나이는 발에 표시된 'wing tag'를 보고 안다.

쌍두 독수리

동서양을 막론하고 먼 옛날부터 독수리는 이승과 저승을 연결하는 토템 역할을 맡아왔다.

고대 그리스 신화에 나오는 신들의 왕 제우스의 상징이었던 독수리는 로마의 건국 신화에도 출현하여 수도를 정하는 역할까지 맡게 된다. 여기서 독수리가 서양사에 자리를 잡게 된 내력을 잠시 훑어보자.

제우스의 손자들이 수도를 정하면서 형 로물루스는 아벤티노 언덕을, 동생 레무스는 팔라티노 언덕을 주장하였다. 그들은 각자의 의견이 팽팽히 대립되면서 제우스의 상징인 독수리가 많이 지나가는 쪽으로 수도를 정하자고 합의하였다. 그 결과, 독수리 12마리가 지나간 팔라티노 언덕이 6마리가 지나간 아벤티노를 누르고 수도가 된다. 이후 로마의 군대는 독수리를 의미하는 '아퀼라'라는 깃발로 통합하게 된다. 아퀼라 깃발 아래 뭉친 로마 군대가 서유럽을 통일하면서 아퀼라 깃발은 로마의 상징이 된다.

로마는 동서로 분열되고 서로마는 AD 476년 게르만족의 프랑크 왕국에 점령되었다. 그 후 게르만 출신의 샤를마뉴^{Carolus Magnus,} 카롤루스 대제가 서로마 제국의 황제가 된다. 이후 다시 삼분된 프랑크 왕국은 동프랑크 왕국의 오토 I세가 신성로마 제국을 세우고, 스스로 황제^{Otto the Great, 오토 대제}가 된다.

오토 대제는 제국의 통합을 위해 황제가 권력의 상징으로 손에 쥐는 막대인 홀笏 위에 독수리를 새겨 놓았다. 이후 각 도시와 영주들도 독수리 문양을 상징으로 삼아 황제에 대한 충성을 표시하였다.

한편, 11세기 비잔틴제국에 로마제국의 정통성이 있다고 생각한 동로마 제국의 황제 이사키오스 1세는 기존 독수리 문장에 독수리 머리를 하나 더 넣어 쌍두 독수리 문장을 만든 후 동쪽과 서쪽을 바라보게 하였다. 그는 쌍두 독수리로 동서 로마를 모두 계승한 국가는 비잔틴 제국이라는 점을 강조하려고 했던 것이다.

쌍두 독수리 문장은 1453년 비잔틴 제국이 멸망한 후 비잔틴 제국 황제의 조카와 결혼한 러시아의 이반 3세를 통해 러시아로 건너간다. 이후 쌍두 독수리는 구소련의 '낫과 망치'의 문장으로 잠시 사라졌다가 러시아의 문장으로 부활하였다.

고대 그리스와 로마는 물론 근대 프랑스의 나폴레옹 역시 독수리를 자신의 권력 유지를 위한 상징 조작용으로 사용하였다. 현대에 들어와서는 히틀러가 로마 제국에서 사용하던 것과 흡사한 독수리 문양을 사용함으로써 유럽 정복의 야망을 드러내기도 하였다.

국조 논쟁

아메리카 인디언들은 독수리의 한 종류인 흰머리수리의 깃털을 신성시하여 머리와 옷의 장식으로 사용해왔다. 그 후 미국은 흰머리수리를 'American bald eagle'로 칭한 후 1782년 의회에서 국조國鳥로 지정하여 문장으로 쓰고 있다.

알래스카 지역에 많이 사는 흰머리수리가 본토 미국인들에게는 익숙하지 않다 보니 국조 결정 때 '칠면조냐? 흰머리수리냐?'로 치열한 논쟁이 있었다.

칠면조에 찬성하고 흰머리수리에 반대하는 사람 중에는 미국 100달러 지폐에 나오는 벤자민 프랭클린Benjamin Franklin☞도 있었다. 프랭클린은 흰머리수리는 다른 새가 잡은 먹이를 가로채는 버릇이 있는 새라고 주장하고 당시 영국의 상징인 까마귀에게도 쫓겨 다니는 용렬한 새라고 몰아붙이는 한편, 칠면조는 성정이 용감하고 누구나 먹을 수 있는 소박한 새라고 주장하면서 친親 칠면조 발언을 하였다.

하지만 당대의 조류학자 존 오듀본John Audubon은 칠면조는 다혈질에 날지도 못하는 데다 냄새까지 난다고 혹평하였다.

☞ 벤자민 프랭클린은 1706년 보스턴에서 가난한 양초장이의 17자녀 중 15남으로 태어나 학교는 2년밖에 다니지 못했지만 왕성한 탐구심으로 1737년 필라델피아 우체국장으로 활동을 시작하면서 전기를 연구하여 번개가 전기임을 알리고 최초로 배터리 개발을 시도하였다.

사람이나 동물도 항상 옆에 있으면 시시하게 보이는 법! 눈에 자주 띄는 칠면조는 시시했고 먼 알래스카에 사는 흰머리수리는 점점 신성하게 느껴졌다. 결과는 흰머리수리의 승리였다.

조장鳥葬

검독수리에 쪼이는 양 이야기를 하다가 몽골 테를지 국립공원에 간 이야기를 잊을 뻔했다.

경계를 알 수 없이 넓은 테를지 국립공원에는 코끼리를 형상화하여 지었다는 아리야발 불교 사원이 있다. 보르지간 씨의 주선으로 만나 사원을 안내해 준 티베트 출신 텐파 스님은 사원의 이름인 '아리야발'은 관세음보살을 의미한다고 알려주었다.

텐파 스님은 몽골 불교가 어떤 경위로 티베트 불교의 영향을 받게 되었는지도 자세히 설명해 주었다.

몽골의 불교는 칭기즈칸 때부터 보호를 받기 시작하여 원元나라가 본격적으로 자리를 잡은 후 티베트 승려 파스파 八思巴, 1239~1280로 하여금 원나라 안의 여러 종파의 불교를 통합시키게 하였다. 파스파는 티베트 문자를 기초로 몽골에 파스파 문자를 만들어 주었다. 오늘날 몽골 문자가 티베트 문자와 비슷하게 보이는 것도 파스파 문자의 영향 때문이다.

티베트 불교를 흔히 '라마교'라고도 하는 이유는 원래 티베트 불교에서 '라마'라는 말은 고승이나 구루guru를 가리키는 말이었지만 나중에는 일반 승려들에게까지 사용함으로써 티베트 불교를 '라마교'로 부르게 되었기 때문이다. 티베트 불교는 인도 불교를 토대로 중국 불교를 혼합하여 만들었지만 티베트의 고유 신앙인 본교Bon敎의 주술적인 성격도 배척하지 않았다.

텐파 스님의 설명이 끝난 후 아리야발 사원을 둘러보니 사원 한 켠에서는 사람들이 모여 의식을 치르는 듯했다. 장례 의식이라고 했다. 장례 의식이라 조금 거리를 두고 바라보았는데 특이한 점은 망자의 가족 중 어느 누구도 눈에 띄게 슬퍼하거나 울지 않았다. 가족을 보내는 슬픔과 고통이 없을 리 만무하겠지만 그들은 무겁지만 덤덤한 표정으로 의식을 치르고 있었다.

장례가 끝나면 시신은 매장을 하지만 얼마 전까지는 풍장風葬을 했다고 한다. 풍장은 몽골에 티베트 불교가 전파되면서 따라 들어왔다고 하는데 티베트나 몽골 모두 땅이 척박한 데다 겨울에는 언 땅을 파기 힘들어 풍장이 불가피했다고 한다.

몽골의 풍장은 시신을 벌판에 놓아두면 그들의 토템인 늑대가 나타나 시신을 먹거나 독수리가 나서서 처리하는 장례 방식이다. 몽골인들은 풍장을 마친 사흘 후 늑대가 시신을 먹으면 고인이 좋은 곳으로 간다고 믿었다.

텐파 스님은 티베트의 조장 문화도 알려주었다. 그에 따르면 해발 4,000m 고도에 위치한 건조한 티베트에는 나무가 거의 없어 동물의 배설물이 유일한 연료라 화장火葬을 하기도 어렵다고 한다.

원래 불교에는 시신 처리 방식으로 사장四葬이라고 하여, 수장水葬, 화장火葬, 토장土葬, 임장林葬이 있지만 티베트에서는 그중 어느 하나도 여의치 않아 조장鳥葬이라고도 부르는 천장天葬을 하게 되었다고 한다.

티베트 불교에서는 사람이 죽으면 즉, 육체에서 영혼이 빠져나오면 불火보살이 나타나 영혼을 단련시킨 후 성불로 이끄는데, 천장터의 천장사天葬師와 독수리가 불보살 역할을 하는 존재로 보았다.

유라시아 대륙은 불교를 믿으며 독수리를 섬기는 몽골, 티베트, 네팔, 부탄 같은 '이글 벨트eagle belt' 지역과, 매사냥을 즐기는 아라비아반도와 중앙아시아의 이슬람 국가들로 연결되는 '펠콘 벨트falcon belt'로 나누어 볼 수 있다.

장례식에서 유가족들이 울지 않는 것이 특이하다는 말에 텐파 스님은 가까운 사람들의 눈물은 고인의 영혼을 물에 빠지게 하여 극락세계로 가는 데 고통을 겪게 한다고 설명했다. 그는 티베트나 몽골 불교의 장례는 남아 있는 자를 위한 행사가 아니고 떠나는 자의 입장에서 치러지는 의식이라고 했다. 남은 자들은 함께 있지만 떠나는 자는 '혼자' 간다고 했다. 스님에 따르면 떠나는 분을 못 잊

어 우는 것은 혼자 떠나는 이로 하여금 '뒤를 돌아보게 하는' 일이
라고 한다.

텐파 스님은 한참 허공을 응시하더니 마니차 摩尼車◢를 돌려 보
라고 한다. 보르지간 씨와 그의 딸 아리우나도 마니차를 돌렸다.

텐파 스님이 그윽한 눈으로 보면서 물었다. "형제여, 그대는 어
디에서 오셨나요?"

"한국에서 왔습니다."

"그 이전 고향도 생각나시나요?"

"…………"

"그곳은 그대가 온 곳이고, 그대가 돌아가야 할 고향입니다."

◢ 마니차 안에는 불경이 들어있어 한 번 돌리면 불경을 한 번 읽은 것과 같다는 믿음이
있다.

앵무

공작

칠면조

타조

PART 5

/

머나먼 곳이 고향인 새

앵무

· 鸚鵡 ·

'말하는 새' 앵무를 가까이에서 보게 된 것은 중국 운남성 곤명 시내에 있는 새 가게를 들렀을 때였다. 새 가게에는 새를 사러 온 사람들과 새를 구경하러 온 사람들로 북적거렸다. 구경 나온 사람들의 태반은 화려한 앵무의 털에 반해 넋을 잃은 듯 서 있다가 앵무가 말을 흉내 내면 이내 신기한 표정으로 서로를 바라보기도 했다.

모여든 사람들 틈에 끼어 앵무의 신체적 특징을 유심히 살펴보았다. 그날 본 앵무는 빨간 머리털 앵무였다. 이 앵무는 다른 새들보다 부리와 혀가 크다는 것을 바로 알 수 있었다. 두껍고 길쭉한 분홍색 혀가 사람의 혀를 연상시켰다.

북적이던 가게에서 한 무리의 관광객이 빠져나간 후 새 가게 주

앵무의 혀[舌]

인에게 앵무라는 새는 어떻게 말을 할 수 있는지 물어보았다. 새 가게 주인은 앵무에게는 사람처럼 성대가 있는 것은 아니지만 폐 위쪽에 울대를 의미하는 명관^{鳴管}이 있어 공기의 흐름을 다양하게 바꿔가면서 여러 종류의 소리를 낼 수 있다고 알려주었다.

주인의 말로는 자신은 그동안 전 세계 300여 종의 앵무 중 200여 종 이상을 보아 왔지만 앵무라는 새는 언제 보아도 신기하고 신비로운 새라고 말했다. 그는 앵무가 소리를 내는 것도 신기하지만 사람의 소리를 기억한다는 사실이 '뿌커쓰이^{不可思議, 불가사의}'하다고 했다.

앵무학설 鸚鵡學舌

주인의 말을 듣고 보니 앵무가 '말'을 하기 위해서는 우선 앵무의 혀^舌가 다양한 소리를 낼 수 있어야 하고, 앵무의 뇌^腦가 사람의 말을 기억할 수 있어야 한다는 생각이 들었다.

옛 중국인들도 앵무의 말이 혀^舌 놀림에 불과한지 아니면 말에 의미^{意味}를 담고 있는지를 궁금해 했다. 결국 그들은 앵무가 하는 말은 혀 놀림일 뿐, 말의 의미를 담는 것은 아니라고 결론지었다.

그 이유는 '앵무는 혀로만 배운다'는 '앵무학설鸚鵡學舌'이라는 표현을 만든 옛 중국인들을 통해 알 수 있다.

능언앵무能言鸚鵡

꾀꼬리하면 노래이듯, '말 따라 하기'하면 앵무이다. '앵무학설'이 앵무의 말 따라 하기를 가리키는 말이라면, '능언앵무能言鸚鵡'라는 말은 '앵무처럼 말만 잘한다'나 '말로 때운다'는 의미로 사용된다.✎

우리의 어머니들은 조리있게 말을 잘 하게 된 자식에게 "아이고, 말은 앵무새처럼 잘 하네."라고 웃음 띤 얼굴로 가볍게 눈을 흘기셨다. 어머니는 내심 '우리 자식이 언제 저렇게 말을 잘하게 되었나'하고 기특하게 생각하셨다. 어머니의 깊은 마음 속에는 자식이 말도 잘하고 행동도 제대로 하기를 바라는 마음이 있었을 것이다.

우리는 '말 잘하는 앵무'와 '과묵한 두꺼비'를 비교하여 '과묵한 두꺼비'에게 후한 점수를 주어 왔지만 최근에는 말 잘 하는 앵무에게도 후한 점수를 주고 있다. 이런 사회적 추세에 부응하여 학부형

✎ 중국인들은 '앵무는 말만 하는 새에 불과하다'라는 의미로 '鸚鵡能言 不離飛鳥(앵무능언 불리비조)'라는 말을 쓴다. 말보다 행동을 촉구하는 'NATO(No Action, Talk Only)'라는 축약어를 연상시킨다.

들은 자식들을 '말 잘하는 앵무'로 만들기 위해 적지 않은 돈을 써 가며 '언어 교정' 학원에 보내기도 한다.

알고 보면 1940년대 무성 영화 시절에도 감정과 순발력을 발휘하여 말을 잘하는 '변사'라는 직업이 대접을 받았다. 당시 무성 영화는 소리는 안 나오고 화상만 나왔다. 변사는 소리가 안 나오는 무성 영화를 자신의 지식과 희로애락의 감정까지 총동원하여 대사를 읽어 주었다.

당시 변사는 외국 영화를 상영하는 중 화면이 끊기면 '여기는 파리의 수도 런던'과 같은 즉흥적인 엉터리 틈새 추임새로 관객들을 즐겁게 해주었다. 무성 영화를 처음 본 시골 할머니는 "변사는 타고나야 해. 엄마가 애기 뱄을 때 앵무새 꿈을 꾸어야 하는 직업이야."라고 하시면서 변사의 말재주에 홀딱 빠지셨다.

오래 갈 것 같던 변사의 인기도 유성 영화가 나오면서 아침 안개처럼 사라지고 말았다. 세상은 주도 기술이 바뀌면 그 영향이 미치지 않는 곳이 거의 없다. 심지어 연예계에도 영향을 미쳐 새로운 시대에 맞는 새로운 스타가 출현하기도 한다.

지난 100년을 돌이켜보면, 주도 기술은 대체로 10년 단위로 바뀌어 왔다. 미디어의 발전과정을 예로 들어보자.

1930년대 손기정 선수의 올림픽 우승 소식은 신문으로 알려졌다. 그 후 1940년대에는 극장에서 무성 영화가 상영되었다. 그러다

1950년대는 라디오가 매스컴을 주도하였다. 한국 전쟁의 상황도 라디오로 전달되었다. 이후 1960년대에 들어와서는 컬러 영화가 상영되었다. 청춘 남녀가 선남선녀인 알랭 들롱, 엘리자베스 테일러, 신성일과 김지미를 모두 극장의 대형스크린을 통해서 보았다.

이어서 1970년대에는 본격적으로 흑백 TV의 시대가 왔다. 이때는 동네 아저씨 같은 최불암이 우리의 안방으로 찾아왔다. 1980년대에 들어서는 '못생겨서 죄송하다'는 우상 파괴적 코멘트를 날리는 이주일이 거실의 컬러 TV를 통해 자신을 들이 밀었다.

그로부터 10년 뒤인 1990년대에는 모든 스타의 위치가 흔들리고 '내 가족이 스타'가 되는 캠코더의 시대가 도래하였다. 다시 1990년대 후반에 들어서는 나와 나의 과거를 찾는 'I love school'의 시대가 찾아와 동창회와 노래방 문화가 번창하였다.

2000년대에는 누구나 이메일 주소를 교환했다. 이민 간 친구에게 이메일로 안부를 묻고 긴 편지도 무료로 보냈다. 그 후 2010년대에 들어서는 SNS의 시대, 무료 통화의 시대, 화상 회의 시대가 본격적으로 찾아왔다. 2020년대에 들어와서는 인공지능AI 시스템을 이용하여 돌아가신 분이 생전에 남긴 동영상이나 사진을 활용하여 돌아가신 분을 챗봇으로 환생시키고 있다. 이제는 망자亡者가 생전에 못 다한 말까지 들을 수 있게 되었다.

앞으로도 인간은 계속 상상할 것이고 주도 기술 역시 계속 바뀌어 갈 것이다. 하지만 새로운 시대가 오고 주도 기술이 바뀌어도,

사람들은 즐겁게 이야기를 해주는 재담꾼을 좋아한다. 유식한 말로 '스토리텔러'를 찾는 것이다. 사람들은 어려서부터 죽을 때까지 재밌고 신기한 이야기를 듣는 것을 좋아하기 때문이다. 그런 욕구에 발맞춰 책을 읽어주는 '오디오북'이 출시되었다. 이제 활자로 '읽는 책'을 넘어서 소리로 '듣는 책'으로도 된 것이다. 심지어 유아들도 그림 책에 있는 흥미로운 부분에 '터치펜'을 대고 흘러나오는 이야기에 귀를 쫑긋한다.

학창시절 남의 말이나 이야기를 듣고 특징을 간파하여 코믹하게 흉내 내는 사람들이 있었다. 그들은 이 재주를 살려 그 길로 바로 연예인이 되기도 했다. 일본인들은 남의 말을 재치있게 흉내 내는 재주를 '모노마네ものまね'라고 한다. 일본 학생들은 소풍을 가면 장기대회를 열어 모노마네를 잘 하는 친구에게 선생님의 어투를 흉내내게 하여 분위기를 띄운다. 모노마네는 상하 관계가 엄격하게 유지되는 일본 사회에서 나름대로의 여유를 찾는 기회를 만들기도 한다.

재미있는 스토리에 취하다 보면 줏대를 잃고 판단이 흐려지는 경우도 있을 것이다. 중국인들은 그런 상황을 경계하여 '말 잘하는 사람을 조심하라'는 의미로 '능언앵무'라는 말을 만들었다. 간신이 아무리 말을 그럴듯하게 해도 혀 놀림에 불과하다는 말이겠지만 문제는 '누가 간신인가?'를 식별하는 것이다. 결국 지도자의 안목과 식견에 달려 있다. 충신 중에도 말을 능란하게 잘하는 사람이 있고, 간신이 충신처럼 과묵하게 보이는 경우도 있기 때문이다.

앵무처럼

오늘날 같은 글로벌 사회에서 말을 잘한다는 것은 모국어만 잘한다는 것을 의미하는 것은 아닐 것이다.

조선 왕조의 고종으로부터 '원두우元杜尤'라는 이름을 하사받은 미국인이 있었다. 그의 미국 이름은 호러스 그랜트 언더우드Horace Grant Underwood였다. 1885년 한국에 들어온 그가 고종高宗, 1863~1907, 재위 1863~1907을 알현하는 자리에서 고종은 그의 이름 '언더우드'를 빠르게 발음해 본 후 그에게 '원두우'라는 이름을 하사하였다.

원두우와 그의 후손들은 유창한 한국어를 구사하며 4대에 걸쳐 한국인과 인연을 맺어왔다. 그중 원두우 박사의 손자인 원일한元一漢 박사는 한국에서 태어나 30년을 교수로 일하면서 한국인들의 영어 교육에 기여하였다.

원일한 박사는 한 영자 신문사가 주최한 영어 스피치 대회 후 강평을 통해 한국인의 영어가 유창해지기 위해서는 몇 가지만 염두에 두면 좋겠다며 원 박사 특유의 굵은 목소리로 당부를 했다.

"우선 말은 눈이나 귀로 하는 것이 아니라 입으로 하는 것입니다. 여러분이 외국어 공부를 할 때는 '앵무처럼' 해야 합니다.

그리고 외국어 발음을 잘 이해해야 합니다. 영어는 영어 특유의 발음이 있습니다. 아시다시피, B와 V, P와 F, L과 R의 발음의 차이 같은 것이지요. 그 차이를 '머리가 아닌 혀'로 이해해야 합니다.

어학 공부에 천재성이 요구되지는 않습니다. 얼마나 유창하냐는 투입된 시간에 비례할 뿐입니다. 어학 공부는 한마디로 '노동집약적labor intensive'이라고 볼 수 있지요.

거기에 다음 세 가지만 잘 알고 있으면 발음이 지금보다 더 좋아질 겁니다.

첫 번째는, 영어는 각 단어가 가지고 있는 악센트accent를 분명하게 발음해야 합니다. 영어와 달리 한국어는 단어 하나하나에는 악센트가 없습니다.

두 번째는 '이넌시에이션enunciation'입니다. 이것은 문장을 분명하게 끊어서 말하는 것을 의미합니다. 한국어로도 '아버지가방에들어가신다'라고 말하면 알아듣기 어렵지 않습니까?

세 번째는 인토네이션intonation입니다. 영어는 '말의 높낮이' 즉, 인토네이션이 분명한데 반해 한국어는 상대적으로 높낮이가 단조롭습니다."

원일한 박사는 그날의 이야기를 이렇게 마무리했다.

"외국어 공부의 적敵은 체면과 두려움입니다. 성경에서 가장 많이 나오는 문장도 'Do not fear!'라는 사실을 환기하고 싶습니다."

리더의 어학 능력

자신의 미래를 알고 싶은 욕구가 강한 사람 중에는 적극적으로 예언가나 무당을 찾고 타로나 사주를 보러 가기도 한다. 사주 중에는 당사주唐四柱도 있다. 당나라 때부터 내려오는 사주풀이 방식인데 특징은 사람의 전생 모습과 현생을 그림으로 해석한다는 점이다. 태어난 사주에 해당하는 그림에 앵무가 나오면 전생이 앵무새와 관련이 있으니 말로 풀어 먹는 직업을 택하라는 뜻이다. 이러한 직업을 단순하게 해석하면 통역사나 언론인, 변호사, 정치인 같은 직업을 말할 것이다.

다만, 오늘날의 개념으로 앵무새를 해석한다면 단순히 말만 잘하는 것이 아니라 어떤 직업을 선택하더라도 외국어를 잘해야 한다는 말로 해석할 수 있다. 외국어를 잘하면 활동 반경이 넓어지고 개인의 가치와 평가가 높아지기 때문이다. 심지어 돈, 학벌 그리고 영어가 현대 사회의 권력이라는 속설까지 있을 정도이다.

역사를 돌이켜 보면, 조선 시대의 문신 이원익李元翼은 임진왜란

이 일어나자 평소 연마한 중국어 실력으로 명나라 장수 이여송李
如松을 설득하여 빼앗긴 평양성 탈환을 돕도록 하여 위기에 선 조
선을 구한다.

현대에도 한반도 정세에 대하여 이해가 부족한 강대국 인사들
을 설득해야 했던 우리 건국 지도자들에게 외국어 구사 능력이 중
요했을 것임은 충분히 짐작이 간다.

건국 당시의 정치인인 이승만과 김구, 박정희, 김일성의 외국어
능력에 대한 이야기를 하고자 한다. 여기서 그들에 대한 정치적 해
석은 배제한다.

우선 김구는 1876년, 이승만은 한 해 전인 1875년, 같은 황해도
에서 태어났다. 두 지도자는 고향도 같고, 서당에서 사서삼경을 공
부하고 과거에도 응시해보지만 당시의 부패한 과거 제도 탓에 낙
방한 공통점도 있다. 여기에 두 지도자는 한성 감옥에 투옥된 경험
까지 공유한다.

두 지도자는 어학적 배경이라는 점에서 공통의 영역을 벗어난
다. 이승만은 배재학당에서 영어를 배운 후 한성 감옥 투옥 시절
최초의 영한사전을 만들다 감옥에서 탈출한다. 그 후 그는 미국으
로 건너가 박사 학위를 받는다. 당시 미국은 초강대국으로 가는 길
목에 있었다. 자연스럽게 영어와 미국은 이승만의 배경이 되었다.

한편 김구는 어릴 때 배운 한학을 바탕으로 사상과 철학을 공부
한 후 중국 대륙을 무대로 활동한다. 그의 배경은 당연히 중국이고

중국어였을 것이다. 당시 중국은 아직 세계무대에 올라오지 못한
상태였다.

한편, 일본식 교육을 받은 박정희에게 떠오르는 공업국인 일본
과 일본어는 자연스럽게 그의 배경이 되었을 것이다.

박정희보다 5년 앞서 출생한 김일성의 경우는 중국 길림에서 공
부하다 소련으로 갔으니 그의 배경 국가는 중국과 소련이었을 것
이고 어학은 중국어와 러시아어가 가능했을 것이다.

역사를 살펴보면, 어느 강대국이 부상할 때는 그 언어적 배경을
가진 지도자도 함께 부각된다는 사실을 알 수 있다. 지도자가 외국
어에 약하면 세상 물정에 어두워져 쓸데없이 고집이 세지고, 쉽게
해결할 일도 어렵게 만든다. 지도자의 외국어 능력은 나라의 귀중
한 무형자산이 될 수도 있다.

앵무, 잉꼬, 십자매

한·중·일 삼국의 관상용 조류에 대한 취향을 보면 중국인들은
앵무, 일본인들은 잉꼬를 좋아하고 한국에서는 십자매十姉妹도 많
이 키운다. 세 조류에 대한 추억이 있어 소개한다.

"새와 비행기는 언제 보아도 참 신기하단 말이야."라고 자주 말
씀하시던 아버지는 어느 봄날 오후 녹색 털을 가진 새 한 쌍을 사

오셔서 뒷마루에 있던 빈 새장에 넣으셨다. 아침저녁으로 새장을 들여다보시고 새를 먹이고 살피셨다.

그러던 어느 날 아버지가 새로 사 온 새를 자랑하시기 위해 친구들을 부르셨다. 그중에는 일본에서 공부하다 혼기를 놓쳐 늦장가를 든 후배도 있었다.

아버지는 라이트 형제가 비행기를 띄운 것은 불과 얼마 전인 1903년이었다는 이야기에서 서커스단 마술사의 소개로 청계천 조류 도매상에서 새장 속의 새들을 사게 된 이야기까지 하신 후 친구들에게 새가 새끼를 부화하면 분양하시겠다는 말씀도 잊지 않으셨다.

어머니는 아침부터 마늘밭을 매고 늦은 저녁까지 주안상을 보시느라 여간 고단한 게 아니셨지만 그날도 손님 대접에는 소홀함이 없었다. 이런 어머니의 모습을 본 손님 중 한 분이 "두 분은 저 새들처럼 잉꼬부부이십니다."라고 농담 겸 덕담을 하면서 새장 쪽을 가리켰다.

유교적 교양이 높았던 아버지는 이 말을 멋쩍게 들으시더니 "아니~ 그럼 저 새가 잉꼬인가?" 하시면서 딴청을 부리셨다. 손님들이 아버지의 말에 별 반응을 보이지 않자, 늦장가를 든 후배가 나섰다. "맞습니다. 잉꼬! 앵무의 한 종류인 잉꼬입니다."

한 손님이 물었다. "그럼 잉꼬는 뭐고 앵무는 뭔가?"

후배가 주안상 앞으로 몸을 기울이며 말을 시작하자 선배들도 귀를 기울였다. "아무래도 오늘은 제가 선배님들 앞에서 외람되게 한자 이야기를 좀 해야 할 것 같습니다. 먼저 '앵무鸚鵡'의 앵鸚 자를 보면 돈을 의미하는 조개 패貝가 두 개 들어간 영賏 자와 새를 의미하는 조鳥로 되어 있고, 무鵡 자에는 힘을 의미하는 무武가 들어가 있습니다. 한마디로 앵은 부유함을, 무는 건강을 의미하지요. 그런데 앵무 중에 몸집이 작은 종이 일본에 건너오면서 앵무의 무 자가 '노래 가哥' 자로 바뀌어 앵무는 '앵가鸚哥'가 되지요. 우리가 쓰고 있는 '잉꼬'라는 말은 이 '앵가'의 일본식 발음입니다."

아버지는 친구들이 말한 '잉꼬부부'라는 말에 '낯간지러움'을 느낀 데다 후배의 유식함에 반하고, 후배의 늦은 결혼에 대한 안쓰러움까지 겹쳐 취중에 "저 잉꼬들 자네가 가지고 가서 키워."라며 뜻밖의 호기를 부리셨다. 후배는 여러 번 사양했지만 아버지는 한번 뱉은 말은 회수하지 않으셨다.

그 후 어머니는 아버지에게 섭섭한 말을 들을 때마다 우두커니 빈 새장을 바라보시면서 "뭐하러 저 양반한테 '잉꼬부부'란 말을 해 가지고…"라고 푸념을 했다. 옆집에 사시던 아주머니 말로는 어머니는 자식들이 다 객지로 떠난 후, 한동안 잉꼬에게 정을 주다 잉꼬마저 떠나자 이런저런 푸념이 늘기 시작했다고 한다.

어머니가 못내 섭섭해하시는 것을 뒤늦게 아신 아버지는 십자매 한 쌍을 구해 어머니를 입막음하셨다. 어머니는 한 달 정도 지나서야 "십자매들도 어지간히 사이가 좋은가 봐. 자기들끼리 늘 챙겨주고 먹여주어."라며 말문을 텄다고 한다.

　말 잘하는 앵무, 사랑스러운 잉꼬, 배려심이 깊은 십자매, 각자 나름대로의 장점으로 관상조가 되지 않았을까?

공작

· 孔雀 ·

'공작'을 한자로 '孔雀'으로 쓴다는 사실을 알고 공자의 성씨인 '孔' 자가 공작의 이름에 들어가게 된 이유가 늘 궁금했었다. 그 궁금증은《삼국지》의 촉蜀나라가 있던 사천성 성도시에서 한 노인의 설명을 듣고 풀리게 되었다.

2월이 되면 매화가 아름답게 피는 성도시의 인민공원에는 은은한 매화향 속에서 나름대로 즐거운 시간을 보내는 노인들을 보게 된다. 태극권을 단련하는 남녀 노인들, 대숲 건너에서 경극을 부르는 은퇴자들, 옥외 탁자에서 알이 큰 장기를 두는 아저씨들이 서로의 공간을 지켜가며 취미 생활을 즐긴다.

동네 노인들이 소일하는 모습을 벤치에 앉아 홀로 관조하듯 바라보는 한 노인이 있었다. 매화향 속에 반듯하게 앉아 있는 노인의 모습에서 고결함과 온유함이 묻어 나와 아우라를 이루었다.

그의 온유함은 한국에서 온 낯선 나그네도 너그럽게 안아주었다. 노인에게 다가가 인사를 하고 성이 '곽郭'이라고 소개하자 자신은 이李 씨라고 답했다.

그는 사천성에는 곽 씨들이 집성촌을 이루어 살고 있다며 호의를 표시한 후 몇 년 전 작고한 자신의 부인도 곽 씨라며 낮은 어조로 말해주었다.

이내 말벗이 된 노인에게 이것저것 묻게 되었다. "선생님, 이곳 사천성 성도 시내에는 '차이얼采耳'✒을 해주는 곳이 곳곳에 있는데 자세히 보니 귀 소지를 끝내고 공작 털로 귓속을 마무리까지 해주는 것 같습니다. 판다 곰으로 유명한 이곳 사천성에 야생 공작도 있나요?"

"공작은 사천성에는 없지만 남쪽 운남성에 가면 드물게 볼 수 있다고 합니다. 그래도 공작은 역시 인도에 가야 합니다."

"선생님, 중국인들은 처음 보는 사물이나 현상을 보고 '딱 맞는' 한자를 골라 작명을 하는데, 공작의 이름에 어떤 연유로 공자의 성인 공孔 자를 넣게 되었는지 알고 싶습니다."

"원래 공 자는 '구멍'을 말하지만 '크다'는 뜻으로도 쓰지요. 하지만 크다는 이유만으로 공작에 공 자를 쓰지는 않았을 겁니다. 중

✒ 관광객을 상대로 하는 귀 청소 서비스

국인들이 처음 인도에 가서 날개를 활짝 편 공작孔雀을 처음 보았을 때 그 화려함에 어안이 벙벙했겠지요. 어떻게 해야 공작을 '최고의 새'로 표현할까 궁리하다 최고의 선생 공자의 공 자를 써서 '최고의 새'로 칭했습니다. 중국인들은 대단한 것에는 공 자를 넣는 습관이 있지요.

혹시 '사자후獅子吼'란 말을 들어보셨나요? 15세기 아프리카에 가서 사자를 처음 본 중국인들은 사자의 의젓함을 보고 사자의 이름에 스승 사獅 자를 넣고 사자의 포효를 듣고 나서는 사자의 포효를 '후吼'라고 했지요. 후吼 자에도 공孔 자가 들어가지요.

공작이 훌륭하다는 뜻의 '공작동남비孔雀東南飛'라는 비유도 있지요. 이 말은 원래 AD 6세기경 육조시대의 장편시에 나오는데 최근 개혁·개방 시절 전국의 공작이 모두 광동성 선전深圳 같은 동남쪽 신생 도시로 간다는 의미로 국가 인재를 공작에 비유한 것이지요."

유혹의 깃털

닭목 꿩과에 속하는 공작은 출신지에 따라 세 종류가 있다. 중국에서 이 씨 노인이 인도에 가면 볼 수 있다고 말한 '인도 공작'은 청색으로 인도, 스리랑카, 네팔에 살고, '자바 공작'이라고 부르는 초록색 공작은 인도네시아 자바섬, 미얀마, 라오스, 캄보디아, 베트남에 산다. 그리고 아프리카 콩고에도 몸집이 작고 오동통한 흑색 콩고 공작이 산다.

공작을 영어로는 피콕peacock이라고 부르지만 실은 피콕은 수컷 공작을 말한다. 수컷 공작이 워낙 화려하다 보니 피콕이 공작의 대명사가 된 것이다. 암탉이 헨hen인 것처럼 암공작은 피헨peahen이다. 암수 구분 없이 공작이라고 할 때는 피파울peafowl이라고 한다.

늘 화려한 수컷 공작을 보는 인도인들은 공작 춤을 만들었다.

한국의 광복절인 8월 15일이 인도의 독립 기념일과 같은 날이라고 말하던 인도 신사 한 분으로부터 늦가을 서울에서 열린 힌두교 신년제인 디왈리Diwali 축제에 초청받았다. 축제는 최근 급성장한 인도 경제에 걸맞게 크고 화려했다. 한마디로 큰맘 먹고 준비한 잔치였다.

행사가 절정에 이를 무렵 잠시 무대에 침묵이 흐르고 조명이 꺼졌다가 켜지더니 공작으로 분장한 무희가 나와 날개를 펴고 너불너불 혼자 춤을 추기 시작했다. 잠시 후 공작으로 분장한 무희들이 모두 나와 춤을 추자 사람들은 인도의 원시림 속에 있는 듯한 몽환에 빠지고 말았다. 모든 축제는 피날레 장면으로 기억된다는 말은 결코 틀린 말이 아니었다.

그 신사에 따르면 인도 정부는 1963년 공작을 국조로 지정한 후 공작 춤을 꾸준히 세계에 알리고 있다고 한다. 그는 아프리카 코트

디부아르 사람들이 추는 '자울리Zaouli 댄스'를 본 마이클 잭슨이 영감을 얻어 그만의 독특한 춤을 개발했다는 말도 덧붙였다. 자울리 댄스는 새의 동작을 모방한 춤으로 상체는 움직이지 않은 채 하체만 빠르게 움직이는 민속춤이다.

그는 행사가 마무리된 후 잠시 시간을 내어 주위 손님들에게 공작의 생장 과정도 설명해 주었다.

"공작은 화려한 깃털만큼이나 다양한 것들을 먹습니다. 곡식에서 벌레, 개구리, 쥐, 작은 뱀까지 가리는 것이 없습니다. 공작의 몸집은 큰 것 같지만 깃털을 빼고 나면 닭보다 조금 큰 정도지요. 암공작이 알을 품는 부화 기간도 닭보다 불과 일주일 긴 4주 정도이고요. 공작은 네 살이 되면 꼬리 깃털로 성조가 되었음을 알립니다. 인도에서는 주로 마당이 있는 집에서 공작을 키우는데 공작이 다크고 나면 집에 코브라 같은 뱀은 얼씬거리지도 않는다고 합니다."

어쩌면 공작 날개에 있는 수많은 눈eye 모양 무늬가 상대의 눈을 보고 공격하는 코브라를 헷갈리게 하는지도 모를 일이다.

그는 설명을 더 이어갔다.

"수컷 공작이 춤을 추는 시점은 보통 우기가 시작될 때입니다. 그때가 공작의 번식기이기도 하지요. 수컷 공작은 이 무렵 파트너를 찾기 위해 화려한 짝짓기 춤을 추는 겁니다. 수컷 공작이 춤을 통해 자신의 건강과 위용을 과시하면 선택은 인간의 경우처럼 암컷이 하지요. 다만 암컷으로서 유감스러운 점이 있다면 공작의 세계는 일부다처제라는 점입니다."

누군가 공작은 주로 인도 어느 지방에 많은지 물었다.

"야생 공작은 현재 세계적으로 10만 마리밖에 없습니다. 그중 상당수가 인도 남부의 타밀나두주에 서식하지요. 공작도 신비로운 새이지만 그 공작이 사는 타밀나두도 신기한 동네입니다. 안개가 걷힌 타밀나두의 아침 숲에는 코브라가 머리를 들고 외출하면 그 뒤를 몽구스가 따르지요. 그리고 숲 저편에서는 공작이 트럼펫 소리 같은 울음소리를 내지요. 아! 그리고 타밀나두어는 한국어와 흡사해요. 예를 들어 한국어의 '엄마, 아빠, 나'라는 명사나 '싸우다' 같은 동사는 타밀어로도 발음이 거의 같습니다."

다윈의 생각

육체를 떠난 영혼은 새에 의해서 하늘로 인도된다고 믿었던 중국인들은 일찍이 인도에 와서 공작을 보고 봉황鳳凰과 주작朱雀✒의 모습을 그렸고, 이집트, 메소포타미아, 그리스 사람들은 공작의 모

✒ 주작(朱雀)은 남쪽을 수호하는 사신(四神) 중의 하나이다. 동쪽은 청룡, 서쪽은 백호, 북쪽은 현무로 상징된다.

습에서 불사조를 상상하였다.

누구나 신비하게만 보아왔던 공작을 도무지 이해가 안 가는 새라고 말한 학자가 있었다. 라마르크의 용불용설用不用說을 침몰시킨 다윈이다. 다윈은 '자연 선택설Natural Selection'을 통해 다양한 변이가 있는 개체 중 자연환경에 가장 잘 적응하는 개체가 선택되어 살게 된다는 주장을 한 바 있다.

다윈은 공작의 화려한 꼬리 깃털은 천적에게 자신을 노출시키기 때문에 생존에 부적합하니 퇴화되어야 마땅하다고 보았다. 그는 공작은 자연환경에 적응하여 위장하려는 다른 생물체의 생존방식과는 정반대로 간다고 본 것이다.

그럼 수컷 공작은 왜 '퇴화되어야 마땅할' 특성을 유지하게 되었을까?

한마디로 암공작이 숫공작의 화려한 꼬리 깃털을 좋아하기 때문이다. 뚜렷한 보색의 줄무늬 열대어, 쓸데없이 긴 구피의 꼬리도 보는 사람을 위해서인가? 아니다. 모두 동종의 이성에게 잘 보이기 위한 과시이자 허세이다. 사람도 마찬가지다. 남자의 허세와 헛기침도 그것을 좋아하고 인정해주는 여자들이 있기 때문이다.

과거에 '뽀마드 신사가 기마이 부린다'라는 속어가 있었다. 자기가 가진 밑천보다 허세와 객기를 부린다는 말이다. 적자 나는 회사가 멋진 사옥을 지어 소비자에게 호감을 주어 재기했다는 이야기도 있기는 하다.

돈이 주인인 세상에서는 호텔 현관에서 벨보이가 외제차의 문을 열어주는 장면이 과시로 보일수도 있지만 비즈니스 상대방을 안심하게도 만든다. 경차를 주차장 구석에 세운 후 헐레벌떡 약속 장소에 나타난다면 비즈니스 파트너는 불안해질 수도 있다.

상품의 '스타일, 패션, 트렌드' 같은 용어도 알고 보면 모두 소비자의 허세와 변덕을 충족시켜주는 말들이다. 인간은 소박함에서 안락을 느끼고 화려함에서 자부심을 느끼기도 한다. 생물체의 위장과 과시, 엄살도 모두 생존 방식이다. 다윈의 '자연 선택설'은 앞으로도 유효한 학설로 남겠지만 숫컷의 위세와 허세가 암컷에 미치는 심리적, 신체적 영향은 좀 더 연구할 필요가 있지 않을까?

공작뿐 아니라 인간도 이성을 의식하면서 생활하면 점점 멋있어지기도 한다.

연암이 본 공작

연암燕巖 박지원朴趾源ᐟ은 1780년 북경에서 처음 본 공작을 섬세

ᐟ 1737~1805, 조선 후기의 실학자이자 문장가이다.《열하일기(熱河日記)》〈황도기략(黃圖紀略)〉 공작포조(孔雀圃條)에 공작을 구경한 이야기가 나온다.

한 시각으로 관찰한 후 그 내용을 기록하여 후대에 남겼다. 그 내용을 간단히 소개한다.

내가 중국에서 공작 세 마리를 보았는데, 생김새는 학보다 작고 백로보다는 크며, 꼬리 길이는 두 자 남짓하고, 정강이는 붉고 뱀이 허물을 벗은 것과 같다. 부리는 검고 매처럼 안으로 오므라들었으며, 털과 깃이 온몸을 덮어 불이 타오르듯 황금이 반짝이듯 고왔다.
깃 끝에는 각각 하나씩 황금빛 눈이 있는데, 눈동자는 이끼색 같은 녹색이고 남색으로 테를 둘러, 자개처럼 아롱지고 무지개가 걸쳐 있는 듯하다. 공작이 이따금 움찔하면 빛이 사라졌다가 곧바로 나래를 치면 비취빛으로 바뀌었다가, 다시 날개를 펴면 불꽃이 타오르는 것 같았다. 가히 아름다움의 극치였다.

북경에 한 달간 머문 연암은 중국 선비들과 술을 마시고 글을 주고받았다. 연암은 중국 선비의 글을 읽은 후 매번 '최고'라는 뜻으로 '공작과 같다似孔雀'라는 찬사를 글로 써 주었다. 이 찬사를 감사히 들은 중국 선비가 연암에게 "이제 손님의 얼굴은 부자夫子의 가금家禽과 같습니다."라는 농담을 던졌다. 부자(공자를 의미)의 가금이란 공자의 집에 있는 새라는 뜻으로 공작孔雀을 비유한 말이었다. 취기가 오른 연암의 얼굴색이 공작의 색처럼 변했다는 말이었다.

아르고스Argos의 눈

스위스 제네바에 있는 '유엔 유럽본부'는 원래 국제연맹이 있던 자리로 레만호가 굽어 보이는 전망이 좋은 터에 자리를 잡고 있다. 불어를 쓰는 제네바 사람들은 이곳을 '국가들의 궁전'이라는 뜻으로 '빨레 데 나시옹Palais des Nations'으로 부른다. 보통은 줄여서 '빨레Palais'라고 한다. 빨레 경내에는 어떤 연유인지 공작 몇 마리가 여기저기 돌아다닌다. 공작이 빨레에 어떻게 정착하게 되었는지 이곳에 오래 근무한 까뜨린Catherine에게 물어보았다.

"아~ 공작의 날개를 한번 보세요. 여러 개의 눈eye 문양이 있지요? 그 문양을 '아르고스의 눈'이라고 하는데 아르고스 눈의 숫자는 국제연맹 설립 당시인 1920년 42개 회원국 수와 같아서 공작을 풀어놓았다는 말이 내려오지만 공작 문양수를 세어보면 100개가 넘습니다. 여기에 있는 공작들은 빨레를 설계한 분이 빨레의 공터가 너무 넓어 휑할 거 같아 관상용으로 방사했다고 합니다."

까뜨린에게 공작의 문양을 '아르고스Argos의 눈'이라고 하게 된 연유를 물었다.

"네, 저희는 어릴 적 선생님이 해주시는 옛날이야기는 주로 그리스와 로마 신화였어요. 그럼 기억을 더듬어 공작이 어떤 연유로 그리스 신화에 나오게 되었는지 이야기해 볼게요.

신들의 왕 제우스Zeus는 바람둥이라 아내인 헤라를 두고도 자주 바람을 피웠대요. 한번은 제우스가 인간계의 처녀 이오Io와 바람을 피운 사실이 아내인 헤라에게 발각되자, 제우스는 이오를 암소로 변신시켜 헤라의 눈을 속이지만 헤라Hera는 그 암소를 의심의 눈초리로 보게 되지요. 결국 헤라는 눈이 100개 달린 거인 아르고스에게 암소를 감시하게 합니다.

아르고스는 신들의 왕 제우스의 피를 받아 힘도 세고 용맹한 데다 많은 눈을 가지고 있었어요. 아르고스는 그 많은 눈을 번갈아가며 밤낮으로 이오를 감시했지요.

이오가 그리운 제우스는 전령의 신이자 꾀가 많고 가끔은 도둑질도 하는 헤르메스Hermes에게 암소를 구출하라는 명을 내리지요. 헤르메스가 거인 아르고스를 가만히 살펴보니 자신이 힘으로 붙으면 승산이 없다고 생각해 아르고스의 눈을 감기게 한 후 목을 베어 죽입니다.

자신의 명령을 수행하다가 목숨을 잃은 아르고스를 애통하게 생각한 헤라는 아르고스의 눈 100개를 뽑아서 공작새의 날개에 붙입니다. 그런 연유로 활짝 편 공작의 날개에는 눈 모양의 문양이 찍혀 있는 겁니다."

아르고스의 눈이 공작의 날개에 들어간 연유를 모두 설명한 까뜨린은 자신도 질문이 있다고 했다.

공작 날개에 있는 수많은 눈(eye) 모양 무늬

"제 질문도 문양에 관한 것입니다. 한국 지도자의 사진 배경에는 두 마리의 공작 문양이 있고 그 사이에는 꽃 한 송이가 있는데 그 꽃은 무슨 꽃인가요? 그리고 한국에도 야생 공작이 있나요?"

"까뜨린이 본 공작 문양은 실은 공작이 아니고 봉황입니다. 봉황은 공작의 모습을 보고 상상한 새라고 하지요. 봉황 사이에 있는 꽃 한 송이는 '무궁화rose of Sharon'라는 꽃입니다. 그리고 한국이나 일본에는 야생 공작이 없습니다. 한국인들은 8세기에 실크로드를 통해 건너온 공작을 보았다는 말도 있지만 공식 기록으로는 15세기 초 인도네시아 자바의 옛 왕국에서 공작을 선물로 받아 처음 보았다고 합니다."

까뜨린이 무궁화를 신기하게 본 것도, 봉황을 공작으로 본 것도 천진한 눈으로 보았기 때문일 것이다. 천진하고 단순한 질문을 한 까뜨린에게 다변의 늪에 빠져 너무 긴 설명을 하고 말았다.

무엇을 좀 알면 너무 자세히 말하고 때로는 지식을 자기 소유물로 여겨 고집을 피우기도 한다. 아는 것이 병이 된다는 '식자우환識字憂患'도 그래서 나온 말일까?

칠면조

· 七面鳥 ·

칠면조를 처음 만난 것은 북한산 자락에 위치한 고등학교에 입학해서다.

숲으로 둘러싸인 학교는 늘 조용했다. 서울 도심에서 발생하는 어지간한 소음은 학교 주변 한옥들의 기와 굴곡에 흡수되어 학교에서는 시내에서 나는 차 소리 같은 것은 아예 들리지도 않았다.

조용한 이 학교의 건물 중에 'ㄱ'자로 꺾어지는 건물 안쪽 구석에는 칠면조 몇 마리가 관상용으로 사육되고 있었다. 칠면조는 학생들과 무해무득한 '평화적 공존'을 유지하고 있었다. 점심을 먹고 난 학생들이 칠면조 우리 속을 빤히 들여다보기도 했지만 칠면조들은 별로 싫은 기색을 내비치지는 않았다.

칠면조들은 일상의 권태 때문인지 자기들끼리의 갈등인지 몰라도 가끔 짧고 거친 울음소리를 내기도 했다. 칠면조의 울음소리는 어쩌다 교실에서 들리기도 했지만 그런 경우는 드물었다.

칠면조는 머리에서 목까지 털이 없이 맨살로 드러난 피부가 수시로 붉은색이나 푸른색으로 바뀌기도 하여 변화무쌍하다는 의미로 칠면조七面鳥라는 이름이 지어졌다는 말도 있지만 이곳 칠면조들의 우리 속 생활은 대체로 평온하게만 보였다. 그들의 이번 생은 별 탈이 없어 보였다.

시골에서 닭을 키워 본 터라 칠면조에도 관심이 생겨 칠면조 우리 속을 자주 들여다보았다. 칠면조가 낳은 알은 달걀보다 두 배쯤 크다는 사실도 그때 알게 되었다.

칠면조와 수학 선생님

하루는 자습 시간에 교실에서 조용히 빠져나와 칠면조 우리에서 칠면조의 근황을 살피던 중 뒤에서 인기척을 느꼈다. "지난 번에는 종로 새 가게에서 새를 보더니 오늘은 칠면조를 보는 거야?"

'칠성이'라는 별명을 가진 수학 선생님이었다. 선생님은 영어 시사 잡지 '타임'을 읽고 의미있는 단어는 학생들에게 아느냐고 묻기도 하고 설명도 하셨다. 평안도 출신인 선생님은 작은 코에 유난히 두꺼운 뿔테안경을 쓰고 계셨다. 그의 코가 원래 작았는지 아니면 뿔테안경에 눌려 코가 작아 보였는지는 지금도 잘 모르겠다.

선생님은 칠면조 우리 앞 벤치에 앉으신 후 옆자리를 권하시더니 우리 속 칠면조의 고향이 어딘지 아느냐고 물으셨다. 뜻밖의 질문을 던졌던 선생님은 자신이 답도 주셨다.

"저 칠면조는 북아메리카가 원산인 들칠면조를 가축화시킨 거지. 칠면조를 영어로 '터키turkey'라고 하는 것은 잘 알겠지만 터키라는 말에는 '바보'라는 뜻이 숨어 있어. 다른 새들이 내는 소리는 '지저귀다'는 뜻으로 '첩chirp'이라고 하는데, 유독 칠면조 울음소리는 '게걸스럽다'는 의미로 '가블gobble'이라고 하지. 영어권에서는 칠면조를 아예 칠칠맞지 못한 새로 본 거지.

이 사실은 칠면조의 입장에서 생각하면 기가 막힐 거야. 북아메리카 대륙을 개척할 당시 신대륙에 온 사람들은 칠면조 고기를 먹고 힘을 잡아 고된 일을 감당할 수 있었는데 말이야. 한마디로 칠면조에게 크게 신세를 진 거지. 사람들은 과거에 신세를 많이 진 존재를 아예 피하거나 아주 가볍게 표현해 버리는 습성이 있거든."

선생님은 칠면조를 통해서 심중에 있는 무언가를 말씀하시려고 하는 것 같았다.

"어때 칠면조가 좀 모자라 보이지? 누구나 너무 꽉 채우려고 하면 삶이 고단하단다. 10 중 7만 채우고 살아라. 나머지는 '칠성이'라고 하든 칠면조라고 하든 내버려 두어라.

학생들은 일등 하는 거 좋아하지? 일등을 한 학생이 '꼴등'을 한 사람을 보면 마음 속으로 고마워할까 아니면 미안해 할까? 아니면 내가 열심히 해서 일등을 했으니 남에게 고마워할 필요도, 미안해 할 필요도 없다고 생각할까?"

돌이켜보면 선생님은 칠면조를 통해 '연민憐憫'을 알려주려고 애 쓰셨던 것 같다.

'Turkey'가 된 칠면조

일찍이 북아프리카에 살던 뿔닭이 15세기 터키 상인들에 의해 유럽에 관상용으로 소개되어 인기를 끈 적이 있었다. 이 뿔닭은 거 래한 터키 상인들의 국적에 따라 '터키'라는 이름으로 불렸다.

그 후 우리가 말하는 칠면조는 아메리카 신대륙 발견 후인 16세 기 초 스페인 사람들이 유럽으로 데리고 가 세계에 전파시켰다. 특 히 영국에서 칠면조를 대량 사육하면서 지금까지 관상용 뿔닭을 보지 못했던 많은 사람들이 뿔닭이 아닌 칠면조를 터키로 잘못 부 르는 통에 칠면조의 이름이 터키로 굳어지고 북아프리카 뿔닭은 졸지에 '기니파울guineafowl'이라는 생소한 이름으로 개명을 당하고 말았다.

한편 칠면조를 터키로 부르는 것을 못마땅하게 생각하는 남미

사람들도 있다. 멕시코 친구 미구엘은 "아메리카 대륙 출신의 새에게 터키turkey라는 엉터리 이름으로 부르지 말고, 차라리 칠면조의 스페인어 이름인 파보pavo라고 부르는 게 어떠냐?"며 동의를 구하는 표정을 짓는다.

닭목 칠면조과에 속하는 칠면조는 원래 북아메리카 원산의 들칠면조와 중앙아메리카 원산의 구슬칠면조 두 종種뿐이다. 칠면조를 늦게서야 본 아시아 사람들의 칠면조에 관한 표현이나 속담 역시 변변치 않다. 다만 '칠'이라는 숫자를 새 이름에 붙인 점이 특이하다.

왜 '칠'을 붙였을까? 지리산 자락에서 칠면조를 사육하는 한 사육사는 칠면조의 특징을 나름대로 일곱 가지로 정리하여 알려주었다.

"⑴ 칠면조는 분명 새인데 제대로 날지도 못하고 ⑵ 얼핏 예쁘게도 보이지만, 자세히 보면 흉측하게도 보이고 ⑶ 꼬리를 펼쳐 자태를 뽐내기도 하지만, 그저 그렇고 ⑷ 싸울 때는 앞뒤 안 가리는 듯하지만 금방 뒤끝이 무르고 ⑸ 늘 무덤덤하게 보이지만, 때때로 까칠하고 ⑹ 가끔 울기도 하지만, 소리가 아름답지 않고 ⑺ 고기는 푸짐 하지만, 맛은 퍽퍽하지요.

칠면조에게 흠이 없는 것은 아니지만 닭과 유사한 잡식성이라 손이 덜 가고 무엇보다 주인을 잘 기억하고 따릅니다. 이 점에서 닭이 주인을 무심하게 대하는 것과는 비교가 되지요. 누가 칠면조를 멍청한 새라고 했는지 모르지만 키워보니 그건 아니더라고요."

칠면조의 희생

칠면조는 유럽에서 신대륙으로 건너온 이민자들에게 살신성인 殺身成仁을 통해 귀중한 단백질을 제공하였다. 당시 신대륙 사람들은 양에게는 털을 얻고, 닭에게는 알을 얻었다. 오리와 거위도 있었지만 사육이 쉽지 않았고 고기의 양 역시 칠면조보다 현저히 적었다.

가을이 되면 살이 찬 칠면조의 무게는 닭의 다섯 배가 넘었다. 당시 육체노동을 하던 초창기 이민자 가정에는 아이들이 많았다. 아이가 열 명이 넘는 가정도 흔했다. 그들에게는 온 가족이 '한솥밥'을 먹고 힘을 얻는 길은 몸집이 큰 칠면조가 최선의 답이었다. 그들은 칠면조 덕분에 낯설고 힘든 신대륙 생활을 견뎌냈다.

일찍이 프랑스의 왕 앙리 4세는 매주 일요일 저녁 식사 때 닭 한마리를 먹게 해주겠다는 약속으로 프랑스의 정치적 통합을 끌어낸 사실이 있었다. 미국은 닭 대신 푸짐한 칠면조 고기로 '한가족United Members of Family' 문화를 만들어 냈다.

당시를 돌이켜보면 신대륙 이주민 중에는 '아일랜드 기근Irish Famine'이라는 재앙을 피해 신대륙으로 넘어온 아일랜드계 이주민이 많았다.

이들은 원래 다른 유럽 국가들처럼 주식으로 밀을 먹다가 남미에서 수입한 감자를 처음 경작하였다. 결과는 대풍작이었다. 모두

가 밀밭을 갈아엎고 서둘러 감자를 심었다. 주식이었던 밀은 졸지에 찬밥 신세가 되었다. 두 번째 해의 감자 경작도 풍작이었다. 세 번째 해 역시 당연히 풍작을 기대하며 감자 종자를 심었다.

결과는 의외로 참담했다. 감자의 수확량은 전년도의 20%도 안 되었다. 이유는 감자를 경작할 때는 삼 년마다 한 해는 땅을 쉬게 하는 휴경을 해야 하는데 그 사실을 몰랐던 것이다. 게다가 '감자잎 마름병'까지 덮쳤다. 이후 감자는 주곡 서열에서 밀에 밀리고 말았다.

아일랜드에 흉작이 덮치자 아일랜드 사람들은 험난한 뱃길을 따라 신대륙으로 이주를 하게 된다. 배가 고파 배를 탔던 아일랜드인 100만 명은 신대륙행 배에 오르지만 그중 20만 명은 배 안에서 굶고 앓다 죽고 만다.

겨우 살아남은 아일랜드인들은 천신만고 끝에 신대륙에 도착한 후 죽을 힘을 다해 농사를 지은 결과 첫 수확의 기쁨을 누리게 된다. 그들은 그 기쁨을 자신들이 신대륙 생활을 하는 데 도움을 준 인디언들을 불러 함께한다.

칠면조가 만든 표현들

이민자들의 호의에 인디언들은 활을 쏘아 잡은 칠면조 고기를 이민자들에게 권했다. 인디언들이 활을 쏘아 칠면조를 잡는 실력을 본 유럽 이민자들은 찬탄을 금치 못했다. 그들은 인디언들이 '화살 하나로 칠면조 세 마리를 잡는다'는 과장된 표현을 만들기도 했다.

당시 신대륙의 동부로 정착한 이주민 중에는 본국에서 즐기던 볼링을 하면서 단조로운 신대륙 생활을 달래는 사람들도 있었다. 그들은 볼링에서 스트라이크를 연속해서 세 번을 잡으면 인디언들이 화살 하나로 세 마리의 칠면조를 꿰는 것에 비유하여 '터키를 잡았다'는 표현을 쓰기 시작하였다. 그들은 배고플 때 칠면조를 가져다준 인디언들이 고마운 나머지 호의의 표현hommage을 만들어 사용했던 것이다.

칠면조와 관련된 신대륙 시절의 이야기를 하나 더 할까 한다. 유럽에서 신대륙으로 건너온 사람들 중에는 선량한 사람들도 많았지만 거렁뱅이나 사기꾼들도 더러 있었던 것 같다.

인디언 사냥꾼과 뜨내기 백인 사냥꾼 사이에 있었던 이야기이다. 이들은 사냥을 하기 전 사냥한 동물은 서로 반씩 나누어 갖기로 약속했다. 그런데 사냥이 끝나자 백인 사냥꾼은 칠면조를 다 가져버리고 인디언에게는 까마귀처럼 살이 덜 붙은 새를 가져가라고 했다. 한마디로 백인 사냥꾼이 순박한 인디언 사냥꾼에게 '네다바이'를 쳤던 것이다.

화가 난 인디언 사냥꾼은 백인 사기꾼에게 말을 돌리지 않고

"나는 너에게 칠면조를 달라고 말한다!I talk turkey to you!" 라고 직설적으로 말했다. 이후 'talk turkey'는 '진심을 그대로 말하다'는 의미의 숙어가 되었다.

최근 터키가 국명을 튀르키예Turkiye로 바꾸었다. 7세기 동아시아 역사를 전공한 스웨덴의 바리외Lars Vargo 박사✎는 튀르키예는 원래 돌궐突厥이라는 국호의 음역에서 나왔다고 귀띔을 해주었다. 투르크로 불렸던 돌궐은 6세기부터 몽골 초원과 알타이산맥을 중심으로 활약하다 7세기 말 당唐에 의해 자취를 감추고 말았다고 전한다.

터키가 국명을 무엇으로 바꾸더라도 칠면조는 계속 터키turkey로

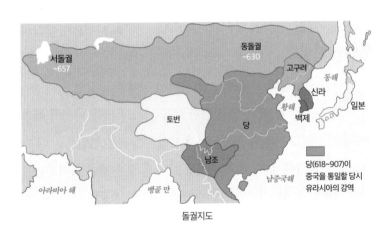

돌궐지도

✎   2006년부터 2015까지 주한 스웨덴 대사

불릴 것이고 칠면조가 만든 표현들 역시 그대로 살아남을 것이다. 언어의 생명력은 정치의 생명력보다 길기 때문이다.

칠면조의 어느 날

신대륙에 온 유럽 이주민들이 야생 칠면조 사육에 성공하고 칠면조 요리가 추수감사절과 크리스마스 음식으로 자리를 잡으면서 생긴 이야기이다.

한 농부가 칠면조를 키우고 있었다. 농부는 매일 일정한 시간에 칠면조에게 먹이를 주었다. 칠면조는 농부가 자신을 위해서 먹이를 주고 물도 마시게 해준다고 생각한다. 칠면조는 어제도 그랬고 오늘도 그랬으니까 내일도 당연히 그럴 것이라고 믿어 의심치 않는다. 농부는 내일도 먹이를 주고 물도 준다. 이러한 주고받는 관계는 칠면조에게는 '일상'이 되고 굳은 '믿음'이 된다.

칠면조의 이런 믿음은 언제까지 갈 수 있을까?

칠면조의 철석같은 믿음은 어느 늦가을 추수 감사절을 앞두고 여지없이 깨지고 만다. 추수 감사절 저녁 식탁에 칠면조 고기를 구워 올려야 하는 농부는 손에 힘을 주어 칠면조의 목을 잡은 후 눈을 '찔끔' 감는다. 칠면조로서는 이 사태를 예측도, 예방도 할 수 없다. 이승을 떠나는 칠면조의 전날 밤 꿈자리가 사나웠는지는 칠면조만이 알 일이다.

사람도 자신이 죽는다는 사실은 알지만 그날이 정확히 언제인지는 모른다. 치맥용 닭은 초하루 삭망에 죽을 수도, 보름 삭망에 죽을 수도 있다. 어쩌면 야구 시즌 중 어느 날에 죽을 수도 있다. 그러나 칠면조의 경우는 죽는 날이 대강 정해져 있다. 추수 감사절 전날 죽는다.

칠면조에게는 364일이 다 좋아도 단 하루가 좋지 않으면 모든 것이 소용없다. 어제도 괜찮았고 오늘도 탈이 없으니 영원히 문제가 없을 것이라고 예단하는 것은 틀린 일이다. 과거의 일을 기록한 '완벽한' 데이터도 쓸모가 없다. 1/365이 잘못되면 전체가 다 잘못된 것이 되고 만다. 이 점에서 프랜시스 베이컨Francis Bacon이 언급한 경험적 근거를 바탕으로 한 '귀납법'에는 근본적인 오류가 내장되어 있다고 보아야 한다.

우리는 '칠면조의 어느 날'을 알지만, 칠면조는 자신의 '그날'이 언제인지 모른다. 우리는 우리의 '그날'을 알고 있을까?

미국 추수 감사절에 칠면조 요리를 먹는 풍습에 예외가 생겼다. 1957년부터 미국 대통령은 추수 감사절이 되면 칠면조 두 마리를 골라 사면을 해주고 있다. 선택받은 칠면조에게는 요리되지 않고 평생 편하게 살 수 있는 특권이 주어진다.

타조

· 駝鳥 ·

2,000년 전 로마인들은 아프리카 대륙이 얼마나 큰지 몰랐다. 그들은 지중해 건너편의 이집트와 오늘날의 튀니지인 카르타고와 지중해 연안만을 아프리카로 알고 살았다. 그들은 그보다 더 남쪽에 대해서는 더 알려고도 하지 않았다. 손자가 할아버지에게 카르타고 남쪽에 무엇이 있는지를 물으면 할아버지는 그저 "그곳은 전갈 같은 독충이 들끓는 땅이라 뼈도 못 추린다. 설령 실수로 들어가게 되더라도 살아 나오지 못하는 죽음의 땅이다."라며 궁색한 답을 주었다.

시간이 흘러 14세기 유럽인들은 배를 타고 처음 사하라 이남에 갔다. 그들은 그 얼마 후 적도에 진출하고 15세기 말에는 아프리카 최남단 희망봉까지 눈으로 보게 된다. 아프리카 대륙의 크기가 유럽 사람들에게 제대로 알려지자 모두가 그 크기에 경악했다. 놀라움은 곧 호기심으로 이어졌다.

사람들은 생소한 곳을 다녀오면 먼저 '거기에 가면 뭐가 살더라'라는 말부터 한다. 유럽인들은 서유럽, 인도, 중국, 미국, 아르헨티나를 합한 것보다 더 큰 아프리카 대륙에서 날지 못하는 몸집이 큰 새를 보았다. 그들은 이 새를 이구동성으로 '낙타같이 생긴 새'◢라고 말했다. 그 새는 타조였다.

하지만 정작 이 새에게 '타조駝鳥'라는 이름을 지어준 사람들은 중국인들이었다. 그들은 15세기 아프리카에 가서 처음 본 걸어 다니는 큰 새가 서역에서 보았던 낙타駱駝라는 짐승과 흡사하다는 사실에 놀랐다. 낙타의 긴 목, 둥근 몸통, 긴 다리를 그대로 닮았던 것이다. 그들은 망설이지 않고 그 새에게 바로 '낙타조駱駝鳥'라는 이름을 지어주었다. 시간이 가면 긴 이름은 짧아지기 마련이라 낙타조는 결국 타조가 되었다.

서기 2,000년에 들어서고 몇 년이 지나 짐바브웨에 갔다. 북반구가 겨울철로 들어설 무렵 남아공을 거쳐 들어간 짐바브웨에는 완연한 봄이 시작되고 있었다. 짐바브웨의 수도 하라레 시내에서 보라색 꽃이 만발한 자카란다jacaranda 나무 터널을 따라 돌이 많은

◢   타조의 학명인 Struthio camelus를 보아도 camel이라는 말이 들어가 있다.

건조한 벌판으로 나갔다. 짐바브웨에는 어디를 가나 돌이 많다. 사실 '짐바브웨'라는 말도 '하우시스 오브 스톤houses of stone'이라는 의미이다.

벌판에 거의 도착할 무렵, 현지인 무스카와Muskawa 씨가 "저기 타조가 지나가네요."라며 손가락으로 타조를 가리킨다. 차를 잠시 멈추고 나가자고 했더니 무스카와 씨가 주의를 주었다. "야생 타조는 항상 조심하셔야 합니다. 차여요!"

타조의 생존력

고향에서 타조와 같이 컸다고 말하는 무스카와 씨는 짐바브웨에 오는 외국인들을 위해 타조에 대한 지식을 정리해두었다고 했다. 그는 타조의 특징을 이렇게 설명했다.

"인도에 공작, 아메리카에 칠면조가 있다면, 타조는 아프리카를 대표합니다. 타조는 현존하는 새 중에는 몸집이 가장 크지요. 보통 체중 150㎏에 키는 2m 정도입니다. 수컷은 털이 검은색이고 암컷은 갈색입니다. 체중은 수컷이 더 나가지요.

아시다시피 타조는 날지 못합니다. 타조목에 속하는 에뮤나 키위 같은 새들 역시 날지 못합니다. 날지 못하는 타조는 다리를 사용하는 동물 중에서 가장 빨리 달리는데 최고 주행 속도는 시속

90km가 넘습니다. 보통 새들의 발가락은 네 개인데 타조의 발가락은 두 개입니다. 발가락 수가 적으면 그만큼 발에 힘이 집중되어 발이 무기가 되기도 합니다. 사자도 타조의 발에 차이면 약이 없습니다. 그래서 아까 밖에 나가 사진을 찍고 싶다고 하셨을 때 조심해야 한다고 말했던 거지요."

무스카와 씨에게 타조에게 큰 몸집, 빠른 달리기 외에 다른 생존 경쟁력이 있는지도 물었다.

"타조는 발도 강하지만 핵심 생존 경쟁력은 시력입니다. 타조는 머리는 작지만 눈이 커요. 눈의 직경은 5cm 정도인데 눈 주변의 길고 두꺼운 눈썹은 큰 눈을 아름답게 보이게도 하지만 무엇보다 햇빛을 차단시켜주지요. 큰 눈을 가진 타조의 시력은 현존하는 조류 중에 일등입니다. 타조는 큰 키에 좋은 시력으로 10km이상 떨어진 포식자도 금방 알아보지요." 10km면 서울 시청에서 삼성동 코엑스까지의 거리이다.

무스카와 씨는 타조의 종족 번식과 신체적 특징도 자세히 알려주었다.

"몸집이 큰 타조는 새 중에 가장 큰 알을 낳습니다. 알의 무게는 1kg이 넘습니다. 달걀 무게의 20배지요. 알은 이틀에 걸쳐 10개 정도 낳습니다. 알은 암수가 교대로 품는데 낮에는 암컷이, 밤에는 수컷이 품습니다. 수컷이 어두운 밤에 알을 품는 이유는 수컷의 검은

털이 포식자들로부터 보호색이 되기 때문이지요. 알을 부화시키는 데는 보통 6주 정도 걸립니다.

타조는 보통 20~30마리가 무리를 이루어 다니는데 누와 같은 영양류나 얼룩말과도 같이 다닙니다. 시력이 좋은 타조와 청력이 좋은 영양류가 서로를 위해 사자, 표범, 치타 같은 포식자들로부터 공동 방위를 하는 거지요. 이렇게 자신을 잘 보호하고 관리하는 타조의 평균 수명은 50년이나 됩니다.

타조에게는 신체적 특징이 하나 더 있습니다. 타조는 다른 새들에게 다 있는 모이주머니가 없어요. 한마디로 소화 시스템에 결함이 있는 거지요. 그런 이유로 타조는 굵은 모래 같은 것을 삼켜서 먹은 것이 소화되도록 하지요."

숙소로 돌아와 아직 해가 지지 않은 초원을 바라보며 무스카와 씨가 들려준 타조 이야기를 머릿속에 침잠시켜 두었다. 귀국한 후에도 타조에 대한 무스카와 씨의 이야기가 문득문득 살아났다.

무스카와 씨가 말했던 타조의 최고 주행 속도 시속 90km는 어떻게 가능할까? 오랜 기간 한국 올림픽 선수단의 의료팀을 인솔했던 서경묵徐敬黙 박사가 힌트를 제공했다. 늘 무릎 건강을 위해 자전거 타기를 권하는 서 박사는 "사람이든 동물이든 무릎뼈와 연골이 좋아야 잘 달리는 겁니다. 잘 걷고, 잘 달리면 장수하게 되지요."

타조의 해부도를 찾아 타조의 무릎을 살펴보았다. 타조는 지구상의 조류 중 유일하게 하나의 다리에 두 개의 무릎뼈가 있다. 타조와 비슷한 모습의 낙타도 다리에 마디가 하나 더 있다. 모든 동물이 두 마디 다리를 가지고 있지만 세 마디 다리를 가진 낙타나 타조는 높은 위치에서 볼 수 있고 오래 걸을 수도 있다.

한국에 사는 타조

   한국인들은 19세기가 되어서야 타조의 존재를 알게 되었고, 1908년이 되어서야 서울의 동물원에 타조가 관상용으로 들어와 타조의 실물을 보게 된다.✍

   타조 고기에는 지방과 콜레스테롤이 적고 단백질 함량이 높다는 사실이 알려지자 세계 도처에 타조 사육 농장이 생겨났다. 이제는 한국에도 타조 농장이 30여 곳이나 되는데 그중에는 '타조 타보기'를 해보는 소형 사파리까지 생겼다.

   한국에 타조 사육이 늘다 보니 타조를 일본에 수출하기도 한다. 얼마 전 타조 50마리가 부산항에서 시모노세키행 배를 탔다고 한다. 타조가 배를 탔다는 이야기를 듣고 대한해협의 거친 물살에 타

✍   타조는 19세기에 편찬된 《오주연문장전산고(五洲衍文長箋散稿)》에 처음 소개된다. 내용은, "남미에 낙타와 비슷한 낙타조(駱駝鳥)가 있는데, 새 중에서 가장 크며 머리는 말을 탄 사람보다 높다."라고 다소 과장된 기술을 하고 있다.

조들이 멀미는 하지 않았을까 걱정이 되기도 하였다.

한국에 타조 사육이 늘다 보니 먹는 문제를 늘 중요시하는 북한에서도 1990년대부터 '지도자'의 지시에 따라 타조를 사육하기 시작했다고 한다. 타조 사육을 선전하는 북한 TV 프로그램에 의하면 이가 아플 때 타조 뼈 이쑤시개를 물면 치통이 사라진다는 주장과 함께 타조 뼈 파이프를 물고 있으면 기침도 멈추고 가래도 삭일 수 있다고 한다.

북한은 과거 이 프로그램을 통해 오리를 이용한 오리 농법을 선전했던 적도 있었다. 북한의 오리 농법이 식량 문제 해결에 얼마나 기여를 했는지, 타조가 실제로 식량난 타개에 얼마나 효과가 있었는지 타조 뼈가 주민들의 치아 건강에 실제로 도움이 되었는지는 후속 프로그램이 없어 정확히 알 수는 없다.

한국이나 북한이나 고기를 얻을 목적으로 타조를 사육하지만, 아프리카 사막에 사는 사람들에게 타조는 식용만은 아닌 것 같다. 타조 알은 먹고 나면, 단단한 알껍데기는 물을 저장하는 수통으로 사용되고 껍질 위에는 그림을 그리거나 장식을 새겨넣기도 한다. 타조의 깃털은 옛날에는 투구 장식용으로만 썼지만 지금은 고급 자동차용 먼지떨이로도 쓰인다고 한다. 타조 털 먼지떨이를 사용하면 정전기가 발생하지 않기 때문이다. 타조 가죽은 19세기 유럽에서 하이브랜드 지갑과 핸드백의 재료가 된 후, 최근 한국에서도 타조 핸드백을 선호하는 여성들이 늘고 있다.

타조와 스님

산속 한 절에서 타조가 스님과 함께 20년 가까이 사이좋은 동거를 하고 있다는 이야기를 듣게 되었다. 이야기의 시작은 이렇다.

어느 절에서 타조 여섯 마리를 키우던 중 물난리가 났다. 물난리는 아프리카 건조 지역 출신인 타조 다섯 마리를 삼켰고 어린 타조 한 마리만 가까스로 물에서 건져냈다. 스님은 살려낸 어린 타조에게 '달마'라는 이름을 지어주고 아침저녁으로 보살폈다. 달마 역시 생명의 은인인 스님이 어디를 가도 따라다녔다. 젊은 사람 중에는 달마를 '껌딱지'라고 부르기도 했다고 한다.

스님이 계단 위에 있는 대웅전에 올라갈 때면 달마는 따라가지 않고 스님을 멀리서 바라보며 스님이 내려오기를 기다렸다고 한다. 사람들은 절에서 오래 살게 된 달마의 불심이 깊어져 스님이 예불할 때는 방해하지 않고 멀리서 바라만 본다고 말하는 사람들도 있었다고 한다.

사실, 타조 달마가 계단 위로 올라간 스님을 따라가지 않은 것은 따라가지 못하기 때문이었다. 타조의 발을 살펴보면 발

뒤꿈치가 없는 데다 발가락이 두 개뿐이라 타조는 오르막이나 내리막에서는 걷지 못한다.

스님 역시 달마를 시시각각 챙기고 살핀다. 예불을 마치고 나온 스님은 달마에게 깊은 인연을 느낀다고 말한다. 전생에 내가 깊은 신세를 진 사람은 현생에 나의 자식으로 태어난다는 말이 있다. "오늘 내 속을 썩이는 자식은 전생에 나의 은인이었다는 사실을 알라."라는 말도 같은 맥락이다. 그들을 가리켜 불가에서는 석가모니가 출가 전 낳은 아들의 이름을 따라 '라훌라'라고 한다. 스님에게 타조 달마는 라훌라였던 것이다.

인간은 흔히 세 가지 이치로 산다고 한다.

부모에게는 도리를, 친구에게는 의리를, 이웃에게는 정리를 나누며 산다는 말이다. 도리를 다하지 못하면 회한이, 의리를 지키지 못하면 후회가, 정리를 잊으면 허전함이 찾아온다.

아프리카 출신의 타조 달마와 유라시아 대륙 끝자락 나라에 사는 스님은 인연의 끈으로 도리, 의리, 정리를 다 지켜가며 이번 생을 아기자기하게 잘 살아가고 있다.

타조 효과

키위의 나라 뉴질랜드에서 온 변호사 로스 캠벌Ross Campbell, 1952~2022 씨는 날개 없이 달리는 주금류走禽類인 에뮤, 펭귄, 키위, 타조에 일가견이 있었다. 그가 한국 기업의 간부들과 대화 중 기업이 의사 결정을 할 때 유의하라며 '타조 효과ostrich effect'라는 용어를 설명해 주었다.

"'타조 효과'라는 말은 위험 상황에 처한 타조가 머리를 모래에 묻고 주변 상황을 외면한다는 뜻이지요. 원래 투자나 의사 결정 분야에서 나오는 말인데, 부정적인 정보는 듣거나 보려고도 하지 않고, 그 정보가 아예 없는 것처럼 행동하는 것을 말합니다. 이런 행동은 문제 해결에 전혀 도움이 되지 않습니다."

캠벌 씨의 말은 한국 속담 "꿩은 머리만 풀에 감춘다."라는 속담을 연상시켰다. 누구나 편한 사람을 만나 대화하고 싶고, 유리한 말을 듣고 싶고, 좋은 모습을 보면서 살고 싶을 것이다. 좋은 것만 가까이하고 싫은 것은 기피하면 '타조 효과'에 빠지고 만다는 말이었다.

캠벌 씨에게 타조가 모래에 머리를 박는 이유가 무엇인지 물었다. 오래 사는 타조가 세상이 싫증 나서 그러는지 아니면 주변 포식자들이 무서워 겁을 먹고 '에라 모르겠다' 하고 머리를 박는 것이 아니냐고 농담조로 물어보았다.

"재미있는 질문입니다. 모이주머니가 없는 타조는 수시로 모래나 작은 자갈 같은 것을 섭취해 두어야 합니다. 그런 이유로 타조는 머리를 모래에 박는데 그 모습을 본 인간이 얼른 '타조 효과'란 말을 지어낸 거지요. 모두 인간 위주의 표현들입니다."

우리는 때때로 우리가 만든 말에 어이없이 우리의 사고가 지배되기도 한다.

맺음말

어릴 적 시골 동네에 중국인들이 살았다. 그들은 시장통에서 잡화도 팔고 포목점도 하였다. 당시 포목점을 하던 곡曲 씨 할머니는 중국인들이 잘 입는 '뚜이진對衿'이라는 남색 비단 상의에 검정색 바지를 입고 전족纏足을 하고 걸어 다녔다. 동네 아이들은 전족을 한 곡 할머니를 '펭귄 할매'라고 부르기도 하였다. 하지만 중국 역사 천 년을 타고 내려온 한 많은 전족은 곡 할머니에서 마감되었다.

곡 할머니가 전족 걸음으로 뒤뚱뒤뚱 여기저기 걷는 것을 안쓰럽게 여긴 어머니는 가끔 홍시 두 개를 종이에 잘 싸서 곡 할머니에게 갖다 드리라고 하셨다. 어머니는 중국 사람들이 빨간색을 좋아하고, 선물도 짝수로 해야 한다는 것을 알고 계셨던 것 같다. 어머니는 햇고구마를 캐서 곡 할머니에게 보낼 때도 개수를 세어보고 홀수이면 하나를 더 싸주셨다.

어머니의 소소한 선물을 받은 곡 할머니는 답례로 하얀색 엿 두 가닥을 노란 종이에 돌돌 말아서 손에 쥐어 주셨다. 곡 할머니가 살아 계신다면 지금쯤 110살 가량 되었을 것이다.

이 책을 마무리할 무렵이었다.

뜬금없이 꿈에 곡 할머니가 나왔다. 생전의 전족 걸음으로 다가오셨다. "나 알지?" 할머니가 나직이 물었다. "내가 걷는 모습을 보고 동네 아이들이 펭귄 할매라고 한 것도 생각날 거야. 나의 지난 생은 산동성에서 시작해서 자네 고향에서 마무리했지만, 이번 생은 동네 애들이 나를 펭귄 할매라고 불러서 그랬는지 펭귄이 많은 곳에 살고 있네…"라고 말하는 듯했다. 그러다 곡할머니는 뜨는 듯, 걷는 듯 하시더니 안개 속으로 사라지며 자취를 감추셨다.

곡 할머니가 나타난 곳은 수년 전에 가보았던 남미의 파타고니아 지방처럼 보였다. 할머니는 뭔가를 진지하게 말하려다 머뭇머뭇하더니 사라지셨다. 할머니가 말씀하시지 않고 사라진 것이 내내 아쉽고 허망하기도 했지만 그분을 꿈속에서 보았던 짧은 순간이 기억 속에서 사라질까 봐 꿈속의 대화를 되새기고 되살려 보려고 애를 썼다.

"곡 할머니가 꿈에 왜 나타나셨을까?" 그 이유를 곰곰이 생각하고, 상상해 보았다. 그 무렵 일상은 온통 꿈 속에 잠겨 있었다.

안개처럼 스쳐 지나간 꿈 속의 곡 할머니를 애타게 찾다 보니 그녀가 이런 말을 하려던 것은 아닌지 상상해 보았다.

"자네 어머니가 전족 걸음을 하는 나를 안쓰러워했듯 자네도 펭귄들을 좀 챙겨주지 않겠나? 자넨 뒤뚱거리는 펭귄을 보러 호주 필립 아일랜드에 다녀오기도 했잖아? 그런데 펭귄은 왜 뺀 거야? 외국 새라고 뺀 거야? 그럼 칠면조는 왜 넣었어?"

상상 속의 곡 할머니는 중국말과 한국말을 섞어서 말하는 듯했다. 중국말로 할 때는 쏘아붙이고, 서툰 한국어로 이야기할 때는 달래듯 말했다. 때로는 할머니가 펭귄의 모습이 되어 말하기도 했다.

곡 할머니가 직접 말씀한 것은 아니지만, 며칠 동안은 할머니의 말을 직접 들은 듯하였고, 나중에는 그녀가 하려던 말이 무엇이었을지 해석도 해보았다.

요즈음 지구 온난화로 인해 제일 고통이 큰 게 펭귄이다. 자네도 TV에서 얼음이 녹아내리는 것을 보지 않았나? 당황해서 쩔쩔매는 펭귄도 보았을 것이다. 자네가 새 이야기를 쓰느라 고생한 것은 알지만 펭귄이 빠져서 섭섭했다. '맺음말'에라도 꼭 좀 넣어달라.

그녀가 하려던 말이 이와 같은 의미는 아니었을지 혼자 해석해 보면서 그녀의 성씨인 '곡曲'의 의미를 새기고 사색했다. 인류는 그동안 자신들의 풍요로운 삶을 위해서 개발이라는 '직直'선의 길을 달려왔다. 산업 혁명 후 200년 남짓 우리는 오로지 직선의 길을 걸어오면서 너무나 크고 많은 것을 잃었다.

인류는 그동안 동료 생명체와 자연에 대하여 천부의 우월성이 있는 것처럼 거침없이 행동해 왔다. 그 결과 모두의 시원적 고향인 자연을 잃고 생태계를 손상시키고 말았다. 다음 세대에게 자연과 생태를 복원시켜야 하는 부담까지 안기게 되었다. 참으로 염치없는 일이다.

새도 직선으로만 날지 않는다.

자연과 생명의 길은 직선이 아닌 곡선의 길이다.

어머니는 2021년 조금 포근했던 어느 겨울날
키우시던 십자매 한 쌍을 새장에서 풀어주신 후,
"책은 언제 나오냐?"고 독백하듯 물으신 며칠 후 돌아가셨다.
《충선생》이라는 책이 나오기 한 달 전이었다.

이 책도 사람과 자연에 예의를 다하셨던 어머니와
새를 유달리 좋아하셨던 아버지께 드린다.

참고문헌

- 새 박사 원병오 이야기, 원병오, 1998
- 이야기 새 도감, 윤무부 외 4인, 2015
- 한국의 새, 이우신. 구태회. 박진영, 2020
- 큰오색딱따구리의 육아일기, 김성호, 2008
- 조선셰프 서유구, 곽미경, 2016
- 생명을 보는 마음, 김성호, 2020
- 늦깎이 까치부부와의 만남, 오영조, 2021
- 고성 독수리의 꿈, 권오준, 2022

- Ornithology by Frank B. Gill, the 3rd edition, 1988
- Manual of Ornithology: Avian Structure & Function by Noble S. Proctor & Patrick J. Lynch, 1993
- Our Iceberg Is Melting by John Kotter, 2006
- Wesley the Owl by Stacey O'Brien, 2008
- Istanbul & the Aegean Coast, Berlitz, 2012
- Gifts of the Crow by John Marzluff & Tony Angell, 2012
- The Thing with Feathers by Noah Strycker, 2014
- The Genius of Birds by Jennifer Ackerman, 2016
- Handbook of Bird Biology by Cornell Lab of Ornithology, 3rd edition
- Remember the Guano Wars by the Breakthrough Institute, 2018
- Natural History, Smithsonian Institution, 2021

- Economist Feb 26, 2022
- Economist May 28, 2022
- Economist November 19, 2022
- Trump: The Art of the Deal, 1987
- BBC Earth series
- Life Application Study Bible, New International Version, 1991

- 三國演義, 북경출판공사
- 中國鳥類野外手冊, 호남교육출판사, 2000
- https://kydong77.tistory.com/7953
- https://pguin.tistory.com/1723
- 字統 (普及版) 白川 靜, 1994

조선생

새 이야기

ⓒ2023 곽정식

초판 1쇄 | 2023년 5월 10일
2쇄 | 2023년 7월 1일

지은이 | 곽정식
펴낸이 | 신정수
기획 및 편집 | 박시현 · 박소해

디자인 | 기민주
그림 | 김이서
인쇄 | 상지사 피앤비
펴낸곳 | 자연경실
주소 | 서울시 서초구 방배로19길 18, 남강빌딩 301호
전화번호 | 02) 6959-9921
팩스 | 070) 7500-2050
전자우편 | pungseok@naver.com

ISBN 979-11- 89801-63-2 03810

- 사진 사용을 허락해주신 국립중앙박물관, 국립민속박물관에 감사드립니다.
- 자연경실은 풍석문화재단의 출판브랜드입니다.